奥瑟罗

【英】莎士比亚 著
朱生豪 译
朱尚刚 审订

中国青年出版社

献 辞

谨以此书献给

父亲朱生豪诞辰 100 周年!

——朱尚刚

本书系

朱尚刚先生推荐的

莎士比亚戏剧朱生豪原译本

目录

出版说明 / VII
《莎剧解读》序（节选）（张可、王元化）/ X
莎氏剧集单行本序（宋清如）/ XIII
剧中人物 / 1

第 一 幕 / 3
第一场　威尼斯；街道　/4
第二场　另一街道　/13
第三场　议事厅　/18

第 二 幕 / 36
第一场　赛普勒斯海口一市镇；码头附近的广场　/37
第二场　街道　/51
第三场　城堡中的厅堂　/52

第三幕 /69

第一场 赛普勒斯；城堡前 /70

第二场 城堡中的一室 /73

第三场 城堡前 /74

第四场 城堡前 /97

第四幕 /107

第一场 赛普勒斯；城堡前 /108

第二场 城堡中的一室 /123

第三场 城堡中的另一室 /136

第五幕 /142

第一场 赛普勒斯；街道 /143

第二场 城堡中的卧室 /151

附录 /171

关于"原译本"的说明（朱尚刚）/172

译者自序（朱生豪）/175

出版说明

莎士比亚戏剧朱生豪原译本
珍藏全集

"莎士比亚戏剧朱生豪原译本珍藏全集"丛书,其中27部是根据1947年(民国三十六年)世界书局出版、朱生豪翻译的《莎士比亚戏剧全集》(三卷本)原文,四部历史剧(《约翰王》、《理查二世的悲剧》、《亨利四世前篇》、《亨利四世后篇》)是借鉴1954年作家出版社出版、朱生豪翻译的《莎士比亚戏剧集》(十二),同时参考其手稿出版的。

朱生豪翻译莎士比亚戏剧以"保持原作之神韵"为首要宗旨。他的译作也的确实现了这个宗旨,以其流畅的译笔、华赡的文采,保持了原作的神韵,传达了莎剧的气派,被誉为翻译文学的杰作,至今仍受到读者的热烈欢迎和学界的高度评价。许渊冲曾评价说,二十世纪我国翻译界可以传世的名译有三部:朱生豪的《莎士比亚全集》、傅雷的《巴尔扎克选集》和杨必的《名利场》。

于是,朱生豪译本成为市场上流通最广的莎剧图书,发行量达数千万册。但鲜为人知的是，目前市场上有几十种朱译莎剧的版本，虽然都写着"朱生豪译"，但所依据的大多是人民文学出版社1978年的"校订本"——上世纪60年代初期，人民文学出版社组织一批国内一流专家对朱生豪原译本进行校订和补译，1978年出版成"校订本"——经校订的朱译莎剧无疑是对原译本的改善，但在某种意义上来说，校订者和原译者的思维定式和语言习惯不同，因此经校订后的译文在语言风格的一致性等方面受到了影响，还有学者对某些修改之处也提出存疑，尤其是以"职业翻译家"的思维方式，去校订和补译"文学家翻译"的译本语言，不但改变了朱生豪原译之味道，也可能在一定程度上影响了莎剧"原作之神韵"的保持。

当流行的朱译莎剧都是"被校订"的朱生豪译本时，时下读者鲜知人文校订版和"朱生豪原译本"的差别，错把冯京当马凉，几乎和本色的朱生豪译作失之交臂。因此，近年来不乏有识之士呼吁：还原朱生豪原译之味道，保持莎剧原作之神韵。

中国青年出版社根据朱生豪后人朱尚刚先生推荐的原译版本，对照朱生豪翻译手稿进行审订，还原成能体现朱生豪原译风格、再现朱译莎剧文学神韵的"原译本"系列，让读者能看到一个本色的朱生豪译本（包括他的错漏之处）。

　　1947年（民国三十六年），世界书局首次出版朱生豪译的《莎士比亚戏剧全集》时，曾计划先行出版"单行本"系列，朱生豪夫人宋清如女士还为此专门撰写了"单行本序"，后因直接出版了三卷本的"全集"，未出单行本而未采用。2012年，朱生豪诞辰100周年之际，经朱尚刚先生授权，以宋清如"单行本序"为开篇，中国青年出版社"第一次"把朱生豪原译的31部莎剧都单独以"原译名"成书出版，制作成"单行本珍藏全集"。

　　谨以此向"译界楷模"朱生豪100周年诞辰献上我们的一份情意！

2012年8月

《莎剧解读》序(节选)

我们在翻译中,首先碰到的问题就是评论中所引用的莎士比亚原文,究竟由我们自己翻译出来,还是借用接任已有的翻译。我们决定借用别人的译文。当时译出的莎剧已经不少,译者大多都是名家,但我们毫不迟疑地选择了朱生豪的译本。朱的译本于抗战时期在世界书局出版,装订为三厚册。他翻译此书时,年仅三十多岁。他不顾当时环境艰苦,条件简陋,以极大的毅力和热忱,完成了这项难度极高的巨大工程,真是令人可敬可服。一九五四年,人民文学出版社将它再版重印,分为十二册,文字没有作什么更动,只是将有些剧本的名字改得朴素一点。我们在翻译莎剧评论时,所援引的原著译文就是根据这一版本。当时我见到主持出版社工作的老友适夷,对他说,他办了一件好事。不料后来,出版社却把这一版本停了,改出新的版本。新版本补充了朱生豪未译的几个历史剧,而对朱译的其他各剧,则请人再据原文校改。校改者虽然大多尊重原译,但是在个别文字上也作了不少订正。从个别字汇来看,不能说这些订正不对,校改者所订正的某些字，确实比原译更确切。但从整体来看，还有原译的精神面貌问题，即传神达旨的问题必须加以考虑。拘泥原著每个字的准确性，不一定就更能传达原著的总体精神面貌。相反，有时甚至可能会损害原著的整体精神。我国古代文论中，刘勰有所谓"谨发而易貌"的说法，即是指此。这意思是说，画家倘拘泥于去画人的每根头发，反而是会使人的面貌走样。汤用彤曾说魏晋识鉴在神明。从那时起我国审美趣味十分重视传神达旨。刘知几《史通》区分了貌同心异与貌异心同两种不同的模拟，认为前者为下，后者为上，也是阐明同一道理。过去我们的翻译理论强调直译，这在一定时期（或在纠正不负责任随心所欲的意译之风时）是必要的，但如果强调过头，忽略传神达旨的重要，那也成为另一种一偏之见了。朱译在传神达旨上可以说是首屈一指的，所以我们翻译莎剧评论引用原剧文字时，仍用未经动过的朱译。我们准备这样做也得到了满涛的同意。后来他在翻译中倘遇到莎剧文字，也同样援用一九五四年出的朱译本子。直到后来，我才知道，朱生豪和我少年时代的老师任铭善先生是大学的同学而且友善，二人在校时即同组诗社唱和。有趣的是任先生学的是外文，后来却弃外文而专攻国学；而朱生豪在校时，读的是中文，后来却弃中文而投身莎士比亚的翻译。朱的译文，不仅优美流畅，而且在韵味、音调、气势、节奏种种行文微妙处，莫不令人击节赞赏，是我读到莎剧中译的最好译文，迄今尚无出其右者。

（此部分摘录自歌德等著，张可、王元化译的《莎剧解读》，经王元化家属桂碧清女士特别授权使用。）

莎氏剧集单行本序[①]

文/宋清如

盖惟意志坚强，识见卓越之士，为能刻苦淬砺，历艰难而不退，守困穷而不移，然后成其功遂其业。吾于生豪之译莎氏剧本全集，亦不得不云然。余识生豪久，知生豪深，洞悉其译莎剧之始末。且大部之成，余常侍其左右，故每念其沥尽心血，未及完工，竟以身殉，恒不自禁其哀怨之切也。

生豪秀水人，幼具异禀，早失怙恃，性情温和若女子。然意志刚强，识见卓越，平生无嗜好，洁身自爱，不屑略涉非礼，颇有伯夷之风。年十八卒业于邑之秀州中学，入杭州之江大学工国文英文两科，师友皆目为杰出之人才。卒业后于世界书局任英文编辑，每公事毕辄浏览群书，尤嗜诗歌。后乃悉心研究莎氏剧本，从事移植。尝谓莎翁著作足以冠盖千古，超越千古，而我国至今尚无全集之译本，诚足令人齿

[①] 1947年世界书局曾经考虑在出版三卷本的《莎士比亚戏剧全集》前先出系列单行本，为此宋清如女士专门拟写了序。后来世界书局没有出单行本，直接出全集了，这篇序也就没有采用。经朱尚刚先生授权，首次在珍藏版莎士比亚戏剧系列单行本上独家采用。——编者注

冷。余决勉为其难，一洗此耻。其译作之经过，略见于其自序。厥后因用心过度，精神日损而贫困日甚。译事伤其神，国事家事短其气，而孜孜矻矻工作益勤，操心益苦。不幸竟于三十三年六月肺疾加剧，委顿床席，奔走无方，医药不继，终致于十二月廿六日未时谢世，年仅三十又四[①]。莎剧全集尚缺五本又半，抱志未酬，哀哉痛哉！

生豪喜诗歌，早年著作均失于战火。尝自辑其旧体诗歌，釐为四卷，分歌行、漫越、长短句及译诗，而命之谓《古梦集》。新体诗则有《小溪集》、《丁香集》等。皆于中美日报馆被占时失去。今所存仅少数新诗耳。

自致力译莎工作以后，绝少写作。良以莎翁作品使之心醉神往，反觉己之粗疏浅陋，不能自惬于怀。尝拟于莎剧全集译竣而后，再译莎翁十四行诗。不意大业未就，遽而弃世。才人命蹇，诚何痛惜！生豪于中国诗人中，酷爱渊明，盖其恬淡之性，殊多同趣也。至于译笔之优劣短长，自有公论，余不欲以偏见淆其面目也。

[①] 朱生豪生于1912年2月（阴历为壬子年12月），1944年12月去世，去世时是32周岁，但若按阴历虚岁计算的话，就是34岁。——编者注

剧中人物

威尼斯公爵

勃拉班旭——元老

葛莱西安诺——勃拉班旭之弟

罗陀维科——勃拉班旭的亲戚

奥瑟罗——摩尔族贵裔,供职威尼斯政府

凯西奥——奥瑟罗的副将

埃古——奥瑟罗的旗官

洛特力戈——威尼斯绅士

蒙坦诺——赛普勒斯总督,奥瑟罗的前任者

小丑——奥瑟罗的仆人

苔丝德梦娜——勃拉班旭之女,奥瑟罗之妻

哀米莉霞——埃古之妻

琵央加——凯西奥的情妇

元老,水手,吏役,绅士,使者,乐工,传令官,侍从等

地点

第一幕在威尼斯;其余各幕在赛普勒斯一海口

第一幕

像她这样的年龄,竟会不顾国族的畛域,去跟一个她所不敢正眼瞧看的人恋爱!

第一场　威尼斯；街道

【洛特力戈及埃古上。

洛　　嘿！别对我说,埃古；我把我的钱袋交给你支配,让你随意花用,你却做了他们的同谋,这太不够朋友啦。

埃　　他妈的！你总不肯听我说下去。要是我会做梦想到这种事情,你不要把我当做一个人。

洛　　你告诉我你对他一向怀恨的。

埃　　要是我不恨他,你从此别理我。三个这城里的当道要人亲自向他打招呼,举荐我做他的副将;凭良心说,我知道我自己的价值,难道我就做不得一个副将?可是他眼睛里只有自己没有别人,对于他们的请求,都用一套充满了军事上口头禅的空话回绝了;因为,他说,"我已经选定我的将佐了"。他选中的是个什么人呢?哼,一个算学大家,一个叫做迈克尔·凯西奥的佛罗伦斯人,一个几乎因为娶了娇妻而误了终身的家伙;他从来不曾在战场上领过一队兵，对于布阵作战的智识，简直不比一个老守空闺的女人知道得更多；即使懂得一些书本上的理论，那些身穿宽袍的元老大人们也会讲起来比他更头头是道的；只有空谈，毫无实际，这就是他的全部的军人资格。可是，老兄，他居然得到了任命；我在洛特斯，赛普勒斯，以及其他基督徒和异教徒的国土之上，立过多少的军功，都是他亲眼看见的，现在却必须低首下心，受一个市侩的指挥。这位掌柜居然做起他的副将来，而我呢，——上帝恕我这样说，——却只在这位黑将军的麾下充一名旗官。

洛　　天哪，我宁愿做他的刽子手。

埃　　这也是没有办法呀。说来叫人恼恨，军队里的升迁可以全然不管古来的定法，按照各人的阶级依次递补，只要谁的脚力大，能够得到上官的欢心，就可以越级蹿升。现在，老兄，请你替我评一评，我究竟为了什么理由要去跟这摩尔人要好。

洛　　假如是我，我就不愿跟随他。

埃　　啊，老兄，你放心吧；我所以跟随他，不过是要利用他达到我自己的目的。我们不能每个人都是主人，每个主人也不是都有忠心的仆人。有一辈天生的奴才，他们卑躬屈膝，拼命讨主人的好，甘心受主人的鞭策，像一头驴子似的，为了一些粮草而出卖他们的一生，等到年纪老了，主人就把他们撵走：这种老实的奴才是应该抽一顿鞭子的。还有一种人，他们表面上尽管装出一付鞠躬如也的样子，骨子里却是为他们自己打算；看上去好像替主人做事，实际却在借主人的牌头发展自己的势力：这种人还有几分头脑，我自己也属于这一类。因为，老兄，正像你是洛特力戈，不是别人一样，我要是做了那摩尔人，我就不会是埃古。虽说跟随他，其实还是跟随自己。上天是我的公正人，我这样对他陪着小心，既不是为了感情，又不是为了义务，只是为了自己的利益，才戴上这一付假脸。要是我的表面的行动，果然出于内心的自然流露，那么不久我就要掬出我的心来，让乌鸦们乱啄了。世人所知道的我，并不是实在的我。

洛　要是那厚嘴唇的家伙也有这么一手，他可以挣到一分多大的家私！

埃	叫起她的父亲来;不要放过他,打断他的兴致,在各处街道上宣布他的罪恶;激怒她的亲族:让他虽然住在气候宜人的地方,也免不了受蚊蝇的滋扰,虽然享用着盛大的欢乐,也免不了受烦恼的缠绕。
洛	这儿就是她父亲的家里;我要高声叫喊。
埃	很好,你嚷起来吧,就像在一座人口众多的城里,因为晚间失慎而火烧起来的时候,人们用那种惊骇惶恐的声音呼喊一样。
洛	喂,喂,勃拉班旭!勃拉班旭先生,喂!
埃	醒来!喂,喂!勃拉班旭!捉贼!捉贼!捉贼!留心你的屋子,你的女儿,和你的钱袋!捉贼!捉贼!

【勃拉班旭自上方窗口上。

勃	大惊小怪的,叫些什么呀?出了什么事?
洛	先生,您家里的人没有缺少吗?
埃	您的门都锁上吗?
勃	咦,你们为什么这样问我?
埃	哼先生,有人偷了您东西去啦,还不赶快披上您的

袍子!您的心碎了,您的灵魂已经丢掉半个;就在这时候,就在这一刻功夫,一头老黑羊在跟您的白母羊交尾哩。起来,起来!打钟惊醒那些鼾睡的市民,否则魔鬼要让您抱孙子啦。喂,起来!

勃　什么!你发疯了吗?

洛　老先生,您认识我的声音吗?

勃　我不认识;你是谁?

洛　我的名字是洛特力戈。

勃　讨厌!我叫你不要在我的门前走动;我已经老老实实明明白白对你说,我的女儿是不能嫁给你的;现在你吃饱了饭,喝醉了酒,疯疯颠颠,不怀好意,又要来扰乱我的安静了。

洛　先生,先生,先生!

勃　可是你必须明白,我不是一个好说话的人,要是你惹我性起,凭着我的地位,只要略微拿出一点力量来,你就要叫苦不迭了。

洛　好先生,不要生气。

勃　说什么有贼没有贼?这儿是威尼斯;我的屋子不是一座独家的田庄。

洛 最尊严的勃拉班旭,我是一片诚心来通知您。

埃 嘿,先生,您也是那种因为魔鬼叫他敬奉上帝,而把上帝丢在一旁的人。您把我们当作了坏人,所以把我们的好心看成了恶意,宁愿让您的女儿给一头黑马骑了,替您生下一些马子马孙,攀一些马亲马眷。

勃 你是个什么混账东西,敢这样胡说八道?

埃 先生,我是一个特意来告诉您一个消息的人,您的令嫒现在正在跟那摩尔人干那件禽兽一样的勾当哩。

勃 你是个混蛋!

埃 您是一位——元老呢。

勃 你留点儿神吧;洛特力戈,我认识你。

洛 先生,我愿意负一切责任;可是请您允许我说一句话。要是令嫒因为得到您的明智的同意,所以才会在这样更深人静的午夜,让一个公爵的奴才,一个下贱的船夫,把她载到一个贪淫的摩尔人的粗野的怀抱里,——要是您对于这件事情不但知道,而且默许,——照我看来,您至少已经给她一部分的同意,——那么我们的确太放肆太冒昧了;可是假如您果然没有知道这件事,那么从礼貌上说起来,您也不应该对我们恶声相向。难道我会这样一点不懂规矩,敢来戏侮像您这样一位年尊的长者吗?我再说一句,要是令嫒没有得到您的许可,就把她的责任,美貌,智慧,和财产,全部委弃在一个到处为家,漂泊流浪的异邦人的身上,那么她的确已经干下了一件重大的逆行了。您可以立刻去调查一个明白,要是她好好儿在她的房间里或是在您的屋子里,那么是我欺骗了您,您可以按照国法惩办我。

勃 喂,点起火来!给我一枝蜡烛!把我的仆人全都叫起来!这件事情很像我的恶梦,它的极大的可能性已经重压在我的心头了。喂,拿火来!拿火来!(自上方下)

埃 再会,我要少陪了;要是我不去,我就要做一个不利于这摩尔人的见证,那不但不大相宜,而且在我的地位上也很多不便;因为我知道无论他将要因此而受到些什么谴责,政府方面现在还不能就把他监禁起来,他就要出发指挥那正在进行中的赛普勒斯的战事了,这是他们必须宽宥他的一个重大理由,因为没有第二个人有像他那样的才能,可以担当这一个重任。所以虽然我恨他像恨地狱里的刑罚一样,可是为了事实上的必要,我不得不和他假意周旋,那也不过是表面上的敷衍而已。你等他们出来找人的时候,只要领他们到市政厅去,一定可以找到他;我也在那边跟他在一起。再见。(下)

【勃拉班旭率众仆持火炬自下方上。

勃　　真有这样的祸事!她去了;只有悲哀怨恨伴着我这衰朽的余年!洛特力戈,你在什么地方看见她的?——啊,不幸的孩子!——你说跟那摩尔人在一起吗?——谁还愿意做一个父亲!——你怎么知道是她?——唉,想不到她会这样欺骗我!——她对你怎么说?——再拿些蜡烛来!唤醒我的所有的亲族!——你想他们有没有结婚?

洛　　说老实话,我想他们已经结了婚啦。

勃　　天哪!她怎么出去的?啊,血肉的叛逆!做父亲的人啊,从此以后,你们千万留心你们女儿的行动,不要信任她们的心思。世上有没有一种引诱青年少女失去贞操的魔术?洛特力戈,你有没有在书上读到过这一类的事情?

洛　是的,先生,我的确读到过。

勃　叫起我的兄弟来!唉,我后悔不让你娶了她去!你们快去给我分头找寻!你知道我们可以在什么地方把她跟那摩尔人一起捉到?

洛　我想我可以找到他的踪迹,要是您愿意多派几个得力的人手跟着我前去。

勃　请你带路。我要到每一家人家去搜寻;大部分的人家都在我的势力之下。喂,多带一些武器!叫起几个巡夜的警吏!去,好洛特力戈,我一定重谢你的辛苦。(同下)

第二场　另一街道

【奥瑟罗,埃古,及侍从等持火炬上。

埃　虽然我在战场上杀过不少的人,可是总觉得有意杀人是违反良心的;缺少作恶的本能,往往使我不能做我所要做的事。好多次我想要把我的剑从他的肋骨下面刺进去。

奥　还是随他说去吧。

埃　可是他唠哩唠叨地说了许多破坏您的名誉的难听话,虽然像我这样一个荒唐的家伙,也实在忍不住我的怒气。可是请问主帅,你们有没有完成婚礼?您要注意,这位元老是很得人心的,他的潜势力比公爵还要大上一倍;他会拆散你们的姻缘,尽量运用法律的力量来给您种种压制和迫害。

奥　随他怎样发泄他的愤恨吧;我对贵族们所立的功劳,就可以抹倒他的控诉。世人还没有知道,——要是夸口是一件荣耀的事,我就要到处宣布,——我是

　　　　高贵的祖先的后裔，我有充分的资格，享受我目前所得到的值得骄傲的幸运。告诉你吧，埃古，倘不是我真心恋爱温柔的苔丝德梦娜，即使给我大海中所有的珍宝，我也不愿意放弃我的无拘无束的自由生活，来俯就家室的羁缚的。可是瞧！那边举着火把而来的是些什么人？

埃　她的父亲带着他的亲友来找您了；您还是进去躲一躲吧。

奥　不，我要让他们看见我；我的地位和我的清白的人格可以替我表明一切。是不是他们？

埃　我想不是。

【凯西奥及若干吏役持火炬上。

奥　原来是公爵手下的人，还有我的副将。晚安，各位朋友！有什么消息？

凯　主帅，公爵向您致意，请您立刻就过去。

奥　你知道是为了什么事？

凯　照我猜想起来，大概是赛普勒斯方面的事情，看样子很是紧急：就在这一个晚上，已经连续派了十二个使者飞桨出发；许多元老都从睡梦中叫了起来，在公爵府里集合了。他们正在到处找您；因为您不在家里，所以元老院派了三队人出来分头寻访。

奥　幸而我给你找到。让我到这儿屋子里去说一句话，就来跟你同去。（下）

凯　他到这儿来有什么事？

埃　不瞒你说，他今天夜里登上了一艘陆地上的大船；要是能够证明那是一件合法的战利品，他可以从此成家立业了。

凯　我不懂你的话。

埃　他结了婚啦。

凯　跟谁结婚？

【奥瑟罗重上。

埃　呃，跟——来，主帅，我们去吧。

奥　好，我跟你走。

凯　又有一队人来找您了。

埃　　那是勃拉班旭。主帅，请您留心点儿；他来是不怀好意的。

【勃拉班旭，洛特力戈，及吏役等持火炬武器上。

奥　　喂！站住！
洛　　先生，这就是那摩尔人。
勃　　杀死他，这贼！（两方拔剑）
埃　　你，洛特力戈！来，我们来比个高下。
奥　　收起你们明晃晃的剑，它们沾了露水会生锈的。老先生，像您这么年高德劭的人，有什么话不可以命令我们，何必动起武来呢？
勃　　啊，你这恶贼！你把我的女儿藏到什么地方去了？你不想想你自己是个什么东西，胆敢用妖法蛊惑她；我们只要凭着情理判断，像她这样一个年青貌美娇生惯养的姑娘，多少我们国里有财有势的俊秀子弟她都看不上眼，倘不是中了魔，怎么会不怕人家的笑话，背着尊亲投奔到你这个丑恶的黑鬼的怀里？世人可以替我评一评，是不是显而易见你用邪恶的符咒欺诱她的娇弱的心灵,用药饵丹方迷惑她的知觉;我要叫他们评论评论,这种事情是不是很可能的。所以我现在逮捕你;妨害风化,行使邪术,便是你的罪名。抓住他;要是他敢反抗,你们就用武力制伏他。

奥　帮助我的,反对我的,大家放下你们的手!我要是想打架,我自己会知道应该在什么时候动手。您要我到什么地方去答复您的控诉?

勃　到监牢里去,等法庭上传唤你的时候你再开口。

奥　要是我听从您的话去了,那么怎样答复公爵呢?他的使者就在我的身边,因为有紧急的公事,等候着带我去见他。

吏　真的,大人;公爵正在举行会议,我相信他已经派人请您去了。

勃　怎么!公爵在举行会议!在这样夜深的时候!把他带去。我的事情也不是一件等闲小事;公爵和我的同僚们听见了这个消息,一定会感到这种侮辱简直就像加在他们自己身上一般。要是这样的行为可以置之不问,奴隶和异教徒都要来主持我们的国政了。(同下)

第三场 议事厅

【公爵及众元老围桌而坐;吏役等随侍。

公爵　　这些消息彼此纷歧,令人难于置信。

元老甲　　它们真是参差不一;我的信上说是共有船只一百零七艘。

公爵　　我的信上说是一百四十艘。

元老乙　　我的信上又说是二百艘。可是它们所报的数目虽然各各不同,因为根据估计所得的结果,难免多少有些出入,不过它们都证实确有一支土耳其舰队在向赛普勒斯进发。

公爵　　嗯,这种事情推想起来很有可能;即使消息不尽正确,大体上总是有根据的,我们倒不能不担着几分心事。

水手　　(在内)喂!喂!喂!有人吗?

吏　　一个从船上来的使者。

【一水手上。

公爵 什么事?

水手 安哲鲁大人叫我来此禀告殿下,土耳其人调集舰队,正在向洛特斯进发。

公爵 你们对于这一个变动有什么意见?

元老甲 照常识判断起来,这是不会有的事;它无非是转移我们目标的一种诡计。我们只要想一想赛普勒斯对于土耳其人的重要性,远在洛特斯以上,而且攻击赛普勒斯,也比攻击洛特斯容易得多,因为它的防务比较空虚,不像洛特斯那样戒备严密;我们只要想到这一点,就可以断定土耳其人决不会那样愚笨,甘心舍本逐末,避轻就重,进行一场无益的冒险的。

公爵 嗯,他们的目标决不是洛特斯,这是可以断定的。

吏 又有消息来了。

【一使者上。

使者 向洛特斯岛前进的土耳其人,已经和后来的另外一支舰队会合了。

元老甲　嗯,果然符合我的预料。照你猜想起来,一共有多少船只?

使者　三十艘模样;它们现在已经回过头来,显然是要开向赛普勒斯去的。蒙坦诺大人,您的忠实英勇的仆人,叫我来向您报告这一个消息。

公爵　那么一定是到赛普勒斯去的了。玛格斯勒西科斯不在威尼斯吗?

元老甲　他现在到佛罗伦斯去了。

公爵　替我写一封十万火急的信去给他。

元老甲　勃拉班旭和那勇敢的摩尔人来了。

【勃拉班旭,奥瑟罗,埃古,洛特力戈,及吏役等上。

公爵　英勇的奥瑟罗,我们必须立刻派你出去向我们的公敌土耳其人作战。(向勃)我没有看见你;欢迎,先生,我们今晚正在需要你的见教和帮助呢。

勃　我也同样需要您的指教和帮助。殿下,请您原谅,我并不是因为听到了什么国家大事而从床上惊起;

国家的安危不能引起我的注意,因为我的个人的悲哀是那么压倒一切,把其余的忧虑一起吞没了。

公爵 啊,为了什么事?

勃 我的女儿!啊,我的女儿!

公爵 / **众元老** 死了吗?

勃 嗯,她对于我是死了。她已经被人污辱,人家把她从我的地方拐走,用江湖骗子的符咒药物引诱她堕落;因为一个没有废疾,眼睛明亮,理智健全的人,倘不是中了魔法的蛊惑,决不会犯下这样荒唐的错误来的。

公爵 用这种邪恶的手段引诱你的女儿,使她丧失自己的本性,使你丧失了她的,无论他是什么人,你都可以根据无情的法律,照你自己的解释给他应得的严刑;即使他是我的儿子,你也可以照样控诉他。

勃 感谢殿下。罪人就在这儿,就是这个摩尔人;好像是您有重要的公事而召他来的。

公爵 / **众元老** 那我们真是抱憾得很。

公爵 （向奥）你自己对于这件事有什么话要分辩？

勃 没有，事情就是这样。

奥 威严无比，德高望重的各位大人，我的尊贵贤良的主人们，我把这位老人家的女儿带走了，这是完全真实的；我已经和她结了婚，这也是真的：我的最大的罪状仅止于此，别的就不是我所知道的了。我的言语是粗鲁的，一点不懂得那些温文尔雅的辞令；因为自从我这双手臂长了七年的膂力以后，直到最近这九个月时间在无所事事中蹉跎过去以前，它们一直都在战场上发挥它们的本领；对于这一个广大的世界，我除了冲锋陷阵以外，几乎一无所知，所以我也不能用什么动人的字句替我自己辩护。可是你们要是愿意耐心听我说下去，我可以向你们讲述一段质朴无文的，关于我的恋爱的全部经过的故事；告诉你们我用什么药物，什么符咒，什么驱神役鬼的手段，什么神奇玄妙的魔法，骗到了他的女儿，因为这是他所控诉我的罪名。

勃 一个素来胆小的女孩子，她的生性是那么幽娴贞静，甚至于心里略为动了一点感情，就会满脸羞愧；像她这样的性质，像她这样的年龄，竟会不顾国族的畛域，把名誉和一切作为牺牲，去跟一个她所不敢正眼瞧看的人发生恋爱！这是全然不近情理的，倘没有阴谋诡计，怎么会有这种事情？我断定他一定曾经用烈性的药饵或是邪术炼成的毒剂麻醉她的血液。

公爵　　没有更确实显明的证据，单单凭着这些表面上的猜测和莫须有的武断，是不能使人信服的。

元老甲　　奥瑟罗，你说，你有没有用不正当的诡计诱惑这一位年青的女郎，或是用强暴的手段逼迫她服从你；还是正大光明地对她披心吐腹，达到你的求爱的目的？

奥　　请你们差一个人去叫这位小姐到市政厅来，让她当着她的父亲的面前告诉你们我是怎么一个人。要是你们根据她的报告，认为我是有罪的，你们不但可以撤销你们对我的信任，解除你们给我的职权，并且可以把我判处死刑。

公爵　　去把苔丝德梦娜带来。

奥　　旗官，你领他们去；你知道她在什么地方。（埃及侍从等下）当她没有到来以前，我要像对天忏悔我的血肉的罪恶一样，把我怎样得到这位美人的爱情和她怎样得到我的爱情的经过情形，忠实地向各位陈诉。

公爵　说吧，奥瑟罗。

奥　她的父亲很看重我，常常请我到他家里，每次谈话的时候，总是问起我过去生命中的历史，要我讲述我所经历的各次战争，围城，和意外的遭遇；我就把我的一生事实，从我的童年时代起，直到他叫我讲述的时候为止，源源本本地说了出来。我说起最可怕的灾祸，海上陆上惊人的奇遇，间不容发的脱险，在傲慢的敌人手中被俘为奴，和遇赎脱身的经过，以及旅途中的种种见闻；那些广大的岩窟，荒凉的沙漠，突兀的崖嶂，巍峨的峰岭，以及彼此相食的野蛮部落，和肩下生头的化外异民，都是我的谈话的题目。苔丝德梦娜对于这种故事，总是出神倾听；有时为了家庭中的事务，她不能不离座而起，可是她总是尽力把事情赶紧办好，再回来孜孜不倦地把我所讲的每一个字都听了进去。我注意到她这种情形，有一天在一个适当的时间，从她的嘴里逗出了她的真诚的心愿；她希望我能够把我的一生经历，对她作一次详细的复述，因为她平日所听到的，只是一鳞半爪，残缺不全的片段。我答应了她的要求；当我讲到我在少年时代所遭逢的不幸的打击的时候，她往往忍不住掉下泪来。我的故事讲完以后，她用无数的叹息酬劳我；她发誓说，那是非常奇异而悲惨的；她希望她没有听到这段故事，可是又希望上天为她造下这样一个男子。她向我道谢，对我说，要是我有一个朋友爱上了她，我只要教他怎样讲述我的故事，就可以得到她的爱情。我听了这一个暗示，才向她吐露我的求婚的诚意。她为了我所经历的种种患难而爱我，我为了她对我所抱的同情而爱她：这就是我的唯一的妖术。她来了；让她为我证明吧。

【苔丝德梦娜，埃古，及侍从等上。

公爵　　像这样的故事，我想我的女儿听了也会着迷的。勃拉班旭，木已成舟，不必懊恼了。刀剑虽破，比起手无寸铁来，总是略胜一筹。

勃　　请殿下听她说；要是她承认她本来也有爱慕他的意思，我从此决不归咎于他。过来，好姑娘，你看这在座的济济多人之间，谁是你所最应该服从的？

苔　　我的尊贵的父亲，我在这里所看到的，是我的分歧的义务：对您说起来，我深荷您的生养教育的大恩，您给我的教养使我明白我应该怎样敬重您；您是我的家长和严君，我直到现在都是您的女儿。可是这儿是我的丈夫，正像我的母亲对您克尽一个妻子的义务，把您看得比她的父亲更重一样，我也应该有权利向这位摩尔人，我的夫主，尽我应尽的名分。

勃　　上帝和你同在！我没有话说了。殿下，请您继续处理国家的要务吧。我宁愿抚养一个义子，也不愿自己生男育女。过来，摩尔人。我现在用我的全副诚心，把她给了你；倘不是你早已得到了她，我一定再也不会让她到你手里。为了你的缘故，宝贝，我很高兴我没有别的儿女，否则你的私奔将要使我变成一个虐待儿女的暴君，替他们手脚加上镣铐。我没有话说了，殿下。

公爵　　让我替你设身处地，说几句话给你听听，也许可以

　　　　帮助这一对恋人,使他们能够得到你的欢心。

　　　　眼看希望幻灭,恶运临头,

　　　　无可挽回,何必满腹牢愁?

　　　　为了既成的灾祸而痛苦,

　　　　徒然招惹出更多的灾祸。

　　　　既不能和命运争强斗胜,

　　　　还是付之一笑,安心耐忍。

　　　　聪明人遭盗窃毫不介意;

　　　　痛哭流涕反而伤害自己。

勃　　　让敌人夺去我们的海岛,

　　　　我们同样可以付之一笑。

　　　　那感激法官慈仁的囚犯,

　　　　他可以忘却刑罚的苦难;

　　　　倘然他怨恨那判决太重,

　　　　他就要忍受加倍的惨痛。

　　　　种种譬解虽能给人慰藉,

　　　　它们也会格外添人悲戚;

　　　　可是空言毕竟无补实际,

　　　　几曾有一句话刺透心底?

请殿下继续进行原来的公事吧。

公爵　土耳其人正在向赛普勒斯大举进犯；奥瑟罗，那岛上的实力你是知道得十分清楚的；虽然我们派在那边代理总督职务的，是一个公认为很有能力的人，可是大家的意思，都觉得由你去负责镇守，才可以万无一失；所以说不得只好打扰你的新婚的快乐，辛苦你去赶这一趟了。

奥　各位尊严的元老们，习惯的暴力已经使我把冷酷无情的战场当作我的温软的眠床，对于艰难困苦，我总是挺身而赴。我愿意接受你们的命令，去和土耳其人作战；可是我要请求你们给我的妻子一个适当的安置，按照她的身分，供给她一切日常的需要。

公爵　你要是同意的话，可以让她住在她父亲的家里。

勃　我不愿意容留她。

奥　我也不能同意。

苔　我也不愿住在父亲的家里，让他每天看见我生气。最仁慈的公爵，愿您俯听我的陈请，让我的卑微的衷忱得到您的谅解和赞许。

公爵　你有什么请求，苔丝德梦娜？

苔 我的大胆的行动可以代我向世人宣告,我因为爱这摩尔人,所以愿意和他过共同的生活;我的心灵完全为他的高贵的德性所征服;在他天挺的精神里,我看见他的奇伟的仪表;我已经把我的灵魂和运命一起呈献给他了。所以,各位大人,要是他一个人迢迢出征,把我遗留在和平的后方,像一头醉生梦死的蜉蝣一样,我将要因为不能朝夕事奉他,而在镂心刻骨的离情别绪中度日如年了。让我跟随他去吧。

奥 请你们允许了她吧。上天为我作证,我向你们这样请求,并不是为了满足我自己的欲望,因为青春的热情在我已成过去了;我的唯一的动机,只是不忍使她缺望。请你们千万不要抱着那样的思想,以为她跟我在一起,会使我懈怠了你们所付托给我的重大的使命。不,要是插翅的爱神的风流解数,可以蒙蔽了我的灵明的理智,使我因为贪恋欢娱而误了正事,那么让主妇们把我的战盔当作水罐,让一切的污名都丛集于我的一身吧!

公爵 她的去留行止,可以由你们自己去决定。事情很是紧急,你必须立刻出发。

元老甲　　今天晚上你就得动身。

奥　　很好。

公爵　　明天早上九点钟,我们还要在这儿聚会一次。奥瑟罗,请你留下一个将佐在这儿;要是我们随后还有什么决定,可以叫他把我们的训令传达给你。

奥　　殿下,我的旗官是一个很适当的人物,他的为人是忠实而可靠的;我还要请他负责护送我的妻子,要是此外再有什么必须寄给我的物件,也请殿下一起交给他。

公爵　　很好。各位晚安!(向勃)尊贵的先生,倘然以才德取人,不凭容貌,你这位贤东床难道比不上翩翩年少?

元老甲　　再会,勇敢的摩尔人!好好看顾苔丝德梦娜。

勃　　留心看好她,摩尔人,不要视而不见;她已经愚弄她的父亲,她也会把你欺骗。(公爵,众元老,吏役等同下)

奥　　我用生命保证她的忠诚!正直的埃古,我必须把我的苔丝德梦娜托付给你,请你叫你的妻子当心照料她;看什么时候有方便,就烦你护送她们起程。来,

苔丝德梦娜,我只有一小时的工夫,和你诉述衷情,料理庶事了。我们必须服从环境的支配。(奥、苔同下)

洛　埃古!

埃　你怎么说,好人儿?

洛　你想我该怎么办?

埃　上床睡觉去吧。

洛　我立刻就去投水去。

埃　好,要是你投了水,我从此不欢喜你了。嘿,你这傻大少爷!

洛　活着要是这样受苦,傻瓜才愿意活下去;一死可以了却烦恼,还是死了的好。

埃　啊,该死!我在这世上也经历过四七二十八个年头了,自从我能够辨别利害以来,我从来不曾看见过什么人知道怎样爱惜他自己。要是我也会为了爱上一个雌儿的缘故而投水自杀,我宁愿变成一头猴子。

洛　我该怎么办?我承认这样痴心是一件丢脸的事,可是我没有力量把它补救过来呀。

埃　力量!废话!我们要这样那样,只有靠我们自己。

我们的身体就像一座园圃，我们的意志是这园圃里的园丁；不论我们插荨麻，种莴苣，栽下牛膝草，拔起百里香，或者单独培植一种草木，或者把全园种得万卉纷披，让它荒废不治也好，把它辛勤耕垦也好，那权力都在于我们的意志。要是在我们的生命之中，理智和情欲不能保持平衡，我们血肉的邪心就会引导我们到一个荒唐的结局；可是我们有的是理智，可以冲淡我们汹涌的热情，肉体的刺激，和奔放的淫欲；我认为你所称为爱情的，也不过是那样一种东西。

洛 不，那不是。

埃 那不过是在意志的默许之下一阵情欲的冲动而已。算了，做一个汉子。投水自杀！捉几头大猫小狗投在水里吧！我曾经声明我是你的朋友，我承认我对你的友谊是用不可摧折的坚韧的缆索联结起来的；现在正是我应该为你出力的时候。把银钱放在你的钱袋里；跟他们出征去；装上一脸假胡子，遮住了你的本来面目；我说把银钱放在你的钱袋里。苔丝德梦娜爱那摩尔人决不会长久，——把银钱放在你的钱袋里,——他也不会长久爱她。她一开始就把他爱得这样热烈,他们感情的破裂一定也是很突然的;你只要把银钱放在你的钱袋里。这些摩尔人很容易变心;——把你的钱袋装满了钱;——现在他吃上去像蝗虫一样美味的食物,不久便要变得像苦苹果一样涩口了。她必须换一个年青的男子;当她餍足了他的肉体以后,她就会觉悟她的选择的错误。她必须换换口味,她必须;所以把银钱放在你的钱袋里。要是你一定要寻死,也得想一个比投水巧妙一点的死法。尽你的力量搜括一些钱。要是凭着我的计谋和魔鬼们的奸诈,破坏这一个鲁莽的蛮子和这一个狡猾的威尼斯女人之间的脆弱的盟誓,还不算是一件难事,那么你一定可以享受她;所以快去设法弄些钱来吧。投水自杀!什么话!那根本就不用提;你宁可因为追求你的快乐而被人吊死,总不要在没有一亲她的香泽以前投水自杀。

洛　　要是我期待着这样的结果,你一定会尽力帮助我达到我的愿望吗?

埃　　你可以完全信任我。去,弄一些钱来。我常常对你说，一次一次反复告诉你，我恨那摩尔人；我的怨毒蓄积在心头，你也对他抱着同样深刻的仇恨，让我们同心合力向他复仇；要是你能够替他戴上一顶绿头巾，你果然是如愿以偿，我也可以拍掌称快。无数人事的变化孕育在时间的胚胎里，我们等着看吧。去，预备好你的钱。我们明天再谈这件事情。再见。

洛　明天早上我们在什么地方会面？

埃　就在我的寓所里吧。

洛　我一早就来看你。

埃　好，再会。你听见吗，洛特力戈？

洛　你说什么？

埃　别再提起投水的话儿了，你听见没有？

洛　我已经变了一个人了。我要去把我的田地一起变卖。

埃　好，再会！多放一些钱在你的钱袋里。（洛下）我总是这样让这种傻瓜掏出钱来给我花用；因为倘不是为了替自己解解闷气，打算到手一些利益，那我浪费了时间跟这样一个呆子周旋，才是冤枉哩。我恨那摩尔人；有人以为他私通我的妻子，我不知道这句话是真是假；可是在这种事情上，即使不过是嫌疑，我也要把它当作实有其事一样看待。他对我很有好感，这样可以使我对他实行我的计策的时候格外方便一些。凯西奥是一个俊美的男子；让我想想看：夺到他的位置，实现我的一举两得的阴谋；怎么？怎么？让我看：等过了一些时候，在奥瑟罗的耳边捏造一些鬼话，说他跟他的妻子看上去太亲热了；他长得漂亮，性情又温和，天生一段媚惑妇人的魔力，像他这种人是很容易引起疑心的。那摩尔人是一个坦白爽直的人，他看见人家在表面上装出一副忠厚诚实的样子，就以为一定是个好人；我可以把他像一头驴子一般牵着鼻子跑。有了！我的计策已经产生。地狱和黑夜酝酿就这空前的罪恶，它必须向世界显露它的面目。（下）

第二幕

佛面蛇心的鬼魅!
恶魔往往用神圣的外表,
引诱世人干最恶的罪行。

第一场　赛普勒斯海口一市镇；码头附近的广场

【蒙坦诺及二绅士上。

蒙　　你从那海岬上望出去，看见海里有什么船只没有？

甲绅　一点望不见。波浪很高，在天海之间，我看不出一片船帆。

蒙　　风在陆地上吹得也很利害；从来不曾有这么大的暴风打击过我们的雉堞。要是它在海上也是这么猖狂，那一艘橡树造成的船身支持得住山一样的巨涛迎头倒下？我们将要从这场风暴中间听到什么消息呢？

乙绅　土耳其的舰队一定要被风浪冲散了。你只要站在白沫飞溅的海岸上，就可以看见咆哮的汹涛高击云霄，被狂风卷起的怒浪奔腾山立，好像要把海水浇向光明的大熊星上，熄灭那照耀北极的永古不移的斗宿一样。我从来没有见过这样可怕的惊涛骇浪。

蒙　　要是土耳其舰队没有避进港里，它们一定沉没了；

这样的风浪是抵御不了的。

【另一绅士上。

丙绅　报告消息!咱们的战事已经结束了。土耳其人遭受这场暴风浪的突击,不得不放弃他们进攻的计划。一艘从威尼斯来的大船一路上看见他们的船只或沉或破,大部分零落不堪。

蒙　啊!这是真的吗?

丙绅　这一只船已经在这儿进港,船名是维洛尼萨号;迈克尔·凯西奥,那勇武的摩尔人奥瑟罗的副将,已经上岸来了;那摩尔人自己还在海上,他是奉到全权委任,到这儿赛普勒斯来的。

蒙　我很高兴这是一位很有才能的总督。

丙绅　可是这个凯西奥说起土耳其的损失,虽然兴高彩烈,同时他却满脸愁容,祈祷着那摩尔人的安全,因为他们是在险恶的大风浪中彼此失散的。

蒙　但愿他平安无恙;因为我曾经在他手下做过事,知道他在治军用兵这方面,的确是一个大将之才。来,让我们到海边去!一方面看看新近到来的船舶,一方面把我们的眼睛遥望到海天相接的远处,盼候着勇敢的奥瑟罗。

丙绅 来,我们去吧;因为每一分钟都会有更多的人到来。

【凯西奥上。

凯 谢谢,你们这座英勇的岛上的各位壮士,因为你们这样褒奖我们的主帅。啊!但愿上天帮助他战胜风浪,因为我是在险恶的波涛之中和他失散的。

蒙 他的船靠得住吗?

凯 船身很是坚固,舵师是一个很有经验的人,所以我还抱着很大的希望。(内呼声:"一只船!一只船!一只船!")

【一使者上。

凯 什么声音?

使者 全市的人都出来了;海边上站满了人,他们在嚷,

"一只船!一只船!"

凯　　我希望那就是我们新任的总督。(炮声)

乙绅　他们在放礼炮了;即使不是总督,至少也是我们的朋友。

凯　　先生,请你去看一看,回来告诉我们究竟是什么人来了。

乙绅　我就去。(下)

蒙　　可是,副将,你们主帅有没有结过婚?

凯　　他的婚姻是再幸福不过的。他娶到了一位女郎,她的美貌才德,胜过一切的形容和广大的名誉;笔墨的赞美不能穷极她的好处,没有一句适当的言语可以充分表出她的天赋的优美。

【乙绅重上。

凯　　啊!谁到来了?

乙绅　是一个名叫埃古的元帅麾下的旗官。

凯　　他倒一帆风顺地到了。汹涌的怒涛,咆哮的狂风,埋伏在海底的礁石沙碛,似乎也懂得爱惜美人,收敛了它们凶恶的本性,让神圣的苔丝德梦娜安然通过。

蒙　她是谁?

凯　就是我刚才所说起的,我们大帅的主帅。勇敢的埃古护送她到这儿来,想不到他们路上走得这么快,比我们的预期还早了七天。伟大的乔武啊,保佑奥瑟罗,吹一口你的大力的气息在他的船帆上,让他的高大的桅樯在这儿海港里显现它的雄姿,让他跳动着一颗恋人的心投进了苔丝德梦娜的怀里,重新燃起我们奄奄欲绝的精神,使整个赛普勒斯充满了兴奋!

【苔丝德梦娜,哀米莉霞,埃古,洛特力戈,及侍从等上。

凯　啊!瞧,船上的珍宝到岸上来了。赛普勒斯人啊,向她下跪吧。祝福你,夫人!愿神灵在你前后左右周遭呵护你!

苔　谢谢您,英勇的凯西奥。您知道我的丈夫有什么消息吗?

凯　　他还没有到来；我只知道他是平安的，大概不久就会到来。

苔　　啊！可是我怕——你们怎么会分散的？

凯　　天风和海水的猛烈的激战，使我们彼此相失。可是听！有船来了。（内呼声："一只船！一只船！"炮声）

乙绅　他们向我们城上放礼炮了；到来的也是我们的朋友。

凯　　你去探看探看。（乙绅下）（向埃）老总，欢迎！（向哀）欢迎，嫂子！请你不要恼怒，好埃古，因为我敢这样放肆。（吻哀）

埃　　老兄，要是她向你掀动她的嘴唇，也像她向我掀动她的舌头一样，那你就要叫苦不迭了。

苔　　唉！她又不会多嘴。

埃　　真的，她太会多嘴了；每次我想睡觉的时候，总是被她吵得不得安宁。不过，在您夫人的面前，我还要说一句，她有些话是放在心里说的，人家瞧她不开口，她却在心里骂人。

哀　　你没有理由这样冤枉我。

埃　　得啦，得啦，你们跑出门像图画，走进房像响铃，到了灶下像野猫；设计害人的时候，面子上装得像尊菩萨,人家冒犯了你们,你们便活像夜叉;叫你们管家,你们只会一味胡闹,一上床却又十足像个幽娴贞静的主妇。

苔 啊,呸!你这乱造谣言的家伙!

埃 不,我说的话儿千真万确,
你们起来游戏,上床工作。

哀 我再也不要你写赞美我的诗句。

埃 不,不要叫我写吧。

苔 要是叫你赞美我,你要怎么写法呢?

埃 啊,好夫人,别叫我做这件事,因为我的脾气是要吹毛求疵的。

苔 来,试试看。有人到港口去了吗?

埃 是,夫人。

苔 我虽然心里愁闷,姑且强作欢容。来,你怎么赞美我?

埃 我正在想着呢;可是我的诗情黏在我的脑壳里,用力一挤就会把脑浆一起挤出的。有了:
她要是既漂亮又智慧,
就不会误用她的娇美。

苔 赞美得好!要是她虽黑丑而聪明呢?

埃　她要是虽黑丑却聪明，

　　包她找到一位俊郎君。

苔　不成话。

哀　要是美貌而愚笨呢？

埃　美女人决不是笨冬瓜，

　　蠢杀也会抱个小娃娃。

苔　这些都是在酒店里骗傻瓜们笑笑的古老的歪诗。还有一种又丑又笨的女人，你也能够勉强赞美她两句吗？

埃　别嫌她心肠笨相貌丑，

　　女人的戏法一样拿手。

苔　啊，岂有此理！你把最好的赞美给了最坏的女人。哀米莉霞，不要听他的话，虽然他是你的丈夫。您怎么说，凯西奥？他不是一个胡说八道的家伙吗？

凯　他说得很的确，夫人。您要是把他当作一个军人，不把他当作一个文士，您就不会嫌他出言粗俗了。

埃　（旁白）他捏着她的手心。嗯，交头接耳，好得很。我只要张起这么一个小小的网，就可以捉住像凯西奥这样一头大苍蝇。嗯，对她微笑，很好；我要叫你跌翻在你自己的礼貌中间。——您说得对，正是正是。——要是这种鬼殷勤会葬送你的前程,你还是不要老是吻着你的三个指头,表示你的绅士风度吧。很好;吻得不错!绝妙的礼貌!正是正是。又把你的手指放到你的嘴唇上去了吗?(喇叭声)主帅来了!我听得出他的喇叭声音。

凯　真的是他。

苔　让我们去迎接他。

凯　瞧!他来了。

【奥瑟罗及侍从等上。

奥　啊,我的娇美的战士!

苔　我的亲爱的奥瑟罗!

奥　看见你比我先到这里,真使我又惊又喜。啊,我的心爱的人!要是每一次暴风雨之后,都有这样和煦的阳光,那么尽管让狂风肆意地吹,把死亡都吹醒了吧!让那辛苦挣扎的船舶爬上一座座如山的高浪,就像从高高的天上堕下幽深的地狱一般,一泻千丈地跌落下来吧!要是我现在死去,那才是最幸福的；因为我怕我的灵魂已经尝到了无上的欢乐，此生此世，再也不会有同样令人欣喜的事情了。

苔　但愿上天眷顾，让我们的爱情和欢乐与日俱增！

奥　阿们，慈悲的神明！我不能充分说出我心头的快乐；太多的欢喜窒住了我的呼吸。（吻苔）

埃　（旁白）啊，你们现在是琴瑟调和，看我不动声色，叫你们弦断柱裂。

奥　来，让我们到城堡里去。好消息，朋友们；我们的战事已经结束，土耳其人全都溺死了。我的岛上的旧友，您好！爱人，你在赛普勒斯将要受到众人的宠爱，我觉得他们都是非常热情的。啊，亲爱的，我自己太高兴了，所以会说出这样忘形的话来。好埃古，请你到港口去一趟，把我的箱子搬到岸上。带那船长到城堡里来；他是一个很好的家伙，他的才能非常叫人钦佩。来，苔丝德梦娜。（除埃、洛外均下）

埃　你马上就到港口来会我。过来，人家说，爱情可以刺激懦夫，使他鼓起本来所没有的勇气；要是你果然有胆量，请听我说。副将今晚在卫舍守夜。第一

　　　　我必须告诉你，苔丝德梦娜是直接跟他发生恋爱的。

洛　　跟他发生恋爱！那是不会有的事。

埃　　闭住你的嘴，好好听我说。你看她当初不过因为这摩尔人向她吹了些法螺，撒下一些漫天的大谎，她就爱得他多么热烈；难道她会继续爱他，只是为了他的吹牛的本领吗？你是个聪明人，不要以为世上会有这样的事。她的视觉必须得到满足；她能够从魔鬼脸上感到什么佳趣？情欲在一阵兴奋过了以后而渐生厌倦的时候，必须换一换新鲜的口味，方才可以把它重新刺激起来，或者是容貌的漂亮，或者是年龄的相称，或者是举止的风雅，这些都是这摩尔人所欠缺的所在；她因为在这些必要条件上种种不能满足，一定会觉得她的青春娇艳所托非人，而开始对这摩尔人由失望而憎恨，由憎恨而厌恶，她的天性就会迫令她再作第二次的选择。这种情形是很自然而可能的；要是承认了这一点，试问那一个人比凯西奥更有享受这一种福分的便利？一个很会讲话的家伙，为了达到他的秘密的淫邪的欲望，他会恬不为意地装出一副殷勤文雅的外表。哼，谁也比不上他；一个狡猾阴险的家伙，惯会乘机取利，无孔不入；一个鬼一样的家伙！而且，这家伙又漂亮，又年青，凡是可以使无知妇女醉心的条件，他无一不备；一个十足害人的家伙。这女人已经把他勾上了。

洛　我不能相信，她是一位圣洁的女郎。

埃　他妈的圣洁！她喝的酒也是用葡萄酿成的；她要是圣洁，她就不会爱这摩尔人了。哼，圣洁！你不看她捏弄他的手心吗？你不看见吗？

洛　是的，我看见的；可是那不过是礼貌罢了。

埃　我举手为誓，这明明是奸淫！这一段意味深长的楔子，就包括无限淫情欲念的交流。他们的嘴唇那么贴近，他们的呼吸简直互相拥抱了。该死的思想，洛特力戈！这种表面上的亲热一开了端，主要的好戏就会跟着上场，肉体的结合是必然的结论。呸！可是，老兄，你听我说。我特意把你从威尼斯带来，今晚你代我值班守夜；凯西奥是不认识你的；我就在离你不远的地方看着你；你见了凯西奥就找一些借口向他挑衅，或者高声辱骂，或者毁谤他的军誉，或者随你的意思用其他无论什么比较适当的方法。

洛　　好。

埃　　他是个性情暴躁，易于发怒的人，也许会向你动武；即使他不动武，你也要激动他和你打起架来；因为借着这一个理由，我就可以在赛普勒斯人中间煽起一场暴动，假如要平息他们的愤怒，除了把凯西奥解职以外没有其他的方法。这样你就可以在我的设计协助之下，早日达到你的愿望，你的阻碍也可以从此除去，否则我们的事情是决无成功之望的。

洛　　我愿意这样干，要是我能够找到下手的机会。

埃　　那我可以向你保证。等会儿在城门口见我。我现在必须去替他把应用物件搬上岸来。再会。

洛　　再会。（下）

埃　　凯西奥爱她，这一点我是可以充分相信的；她爱凯西奥，这也是一件很自然而可能的事。这摩尔人我虽然气他不过，却有一副坚定仁爱正直的性格；我相信他会对苔丝德梦娜做一个最多情的丈夫。讲到我自己，我也是爱她的，并不完全出于情欲的冲动，——虽然也许我也犯着这样的罪名，——可是一半是为要报复我的仇恨，因为我疑心这好色的摩尔人夺去了我在她心头的地位。这一种思想像毒药一样腐蚀我的肝肠，什么都不能使我心满意足，除非在他身上发泄这一口怨气，他夺去我的人，我也叫他有了妻子享受不成；即使不能做到这一点，我也要叫这摩尔人心里长起根深蒂固的嫉妒来，没有一种理智的药饵可以把它治疗。为了达到这一个目的，我已经利用这威尼斯的瘟生做我的鹰犬；要是他果然听我的嗾使，我就可以抓住我们那位迈克尔·凯西奥的把柄，在这摩尔人面前诽毁他，因为我疑心凯西奥跟我的妻子也是有些暧昧的。这样我可以让这摩尔人感谢我，喜欢我，报答我，因为我叫他做了一头大大的驴子，用诡计捣乱他的平和安宁，使他因气愤而发疯。方针已经决定，前途未可预料；恶人的面目必须到临时揭晓。（下）

第二场　街道

【传令官持告示上；民众随后。

传令官　　我们尊贵英勇的元帅奥瑟罗有令，根据最近接到的消息，土耳其舰队已经全军覆灭，全体军民听到这一个捷音，理应同伸庆祝：跳舞的跳舞，燃放焰火的燃放焰火，每一个人都可以随他自己的高兴尽情欢乐；因为除了这些可喜的消息以外，我们同时还要祝贺我们元帅的新婚。帅府中一切门禁完全撤除，从下午五时起，直到深夜十一时，无论何人，可以自由出入，饮酒宴乐。上天祝福赛普勒斯岛和我们尊贵的元帅奥瑟罗！（同下）

第三场　城堡中的厅堂

【奥瑟罗，苔丝德梦娜，凯西奥，及侍从等上。

奥　　好迈克尔，今天请你留心警备；我们必须随时谨慎，免得因为纵乐无度而肇成意外。

凯　　我已经吩咐埃古怎样办了，我自己也要亲自督察照看。

奥　　埃古是个忠实可靠的汉子。迈克尔，晚安；明天你一早就来见我。（向苔）来，我的爱人，我们已经把彼此心身互相交换，愿今后花开结果，恩情美满。晚安！（奥，苔，及侍从等下）

【埃古上。

凯　　欢迎，埃古；我们该守夜去了。

埃　　时候还早哪，副将；现在还不到十点钟。咱们主帅因为舍不得他的新夫人，所以这么早就打发我们出去；可是我们也怪不得他，他还没有跟她真个消魂，任是天神见了她也要动心的。

凯	她是一位人间无比的佳人。
埃	我可以担保她也是一个非常风流的人儿。
凯	她的确是一个娇艳可爱的女郎。
埃	她的眼睛多么迷人!简直在向人挑战。
凯	一双动人的眼睛;可是却有一种端庄贞静的神气。
埃	她说话的时候,不就是爱情的警报吗?
凯	她真是十全十美。
埃	好,愿他们被窝里快乐!来,副将,我还有一瓶酒;外面有两个赛普勒斯的绅士,要想为黑将军祝饮一杯。
凯	今夜可不能奉陪了,好埃古。我一喝了酒,头脑就会糊涂起来。我希望有人能够发明在宾客欢会的时候,用另外一种方法招待他们。
埃	啊,他们都是我们的朋友;喝一杯吧,我也可以代你喝。
凯	我今晚只喝了一杯,就是那一杯也被我偷偷儿冲了些水,可是我的头已经有点儿昏啦。我知道自己的弱点,实在不敢再多喝了。
埃	嗳哟,朋友!这是一个狂欢的良夜,不要扫了那些

绅士们的兴致。

凯　他们在什么地方？

埃　就在这儿门外；请你去叫他们进来吧。

凯　我去就去，可是我心里是不愿意的。（下）

埃　他今晚已经喝过了一些酒，我只要再灌他一杯下去，他就会像小狗一样到处招惹是非。我们那位为情憔悴的傻瓜洛特力戈今晚为了苔丝德梦娜也喝了几大杯的酒，我已经派他守夜了。还有三个心性高傲，重视荣誉的赛普勒斯少年，都是这座尚武的岛上的优秀人物，我也把他们灌得醺醺大醉；他们今晚也是要守夜的。在这一群醉汉中间，我要叫我们这位凯西奥干出一些可以激动这岛上公愤的事来。可是他们来了。

【凯西奥率蒙坦诺及绅士等重上；众仆持酒后随。

凯　上帝可以作证，他们已经灌了我一满杯啦。

蒙　真的，只是小小的一杯，顶多也不过一品脱的分量；我是一个军人，从来不会说谎的。

埃　　喂，酒来！（唱）

　　　　一瓶一瓶复一瓶，

　　　　饮酒击瓶玎珰鸣。

　　　　我为军人岂无情，

　　　　人命倏忽如烟云，

　　　　聊持杯酒遣浮生。

　　　　孩儿们，酒来！

凯　　好一支歌儿！

埃　　这一支歌是我在英国学来的。英国人的酒量才利害；什么丹麦人，德国人，大肚子的荷兰人，——酒来！——比起英国人来都不算得什么。

凯　　你那英国人果然这样善于喝酒吗？

埃　　嘿，他会不动声色把丹麦人灌得烂醉如泥，面不流汗把德国人灌得不省人事，还没有倒满下一杯，那荷兰人已经呕吐狼藉了。

凯　　祝我们的主帅健康！

蒙　　赞成，副将，您喝我也喝。

埃　　啊，可爱的英格兰！喂，酒来！

凯　　好，上帝在我们头上，有的灵魂必须得救，有的灵魂就不能得救。

埃　对了，副将。

凯　讲到我自己，——我并没有冒犯我们主帅或是无论那一位大人物的意思，——我是希望能够得救的。

埃　我也是这样希望，副将。

凯　嗯，可是，对不起，你不能比我先得救；副将得救了，然后才是旗官得救。咱们别提这种话啦，还是去干我们的事吧。上帝赦免我们的罪恶！各位先生，我们不要忘记了我们的事情。不要以为我是醉了，各位先生。这是我的旗官；这是我的右手，这是我的左手。我现在并没有醉；我站得很稳，我说话也很清楚。

众　非常清楚。

凯　那么很好；你们可不要以为我醉了。（下）

蒙　各位朋友，来，我们到露台上守望去。

埃　你们看见刚才出去的这一个人：讲到指挥三军的才能，他可以和该撒争一日之雄；可是你们瞧他这一种酗酒的样子，它正好和他的长处互相抵销。我真为他可惜！我怕奥瑟罗对他如此信任，也许

　　　　有一天会被他误了大事，使全岛大受震动的。
蒙　　可是他常常是这样的吗？
埃　　他喝醉了酒总是要睡觉；要是没有酒替他催眠，他可以一昼夜打起精神不睡。
蒙　　这种情形应该向元帅提起；也许他没有觉察，也许他秉性仁恕，因为看重凯西奥的才能而忽略了他的短处。这句话对不对？

【洛特力戈上。

埃　　（向洛旁白）怎么，洛特力戈！你快追上那副将后面去吧；去。（洛下）
蒙　　这高贵的摩尔人竟会让一个染上这种恶癖的人做他的辅佐，真是一件令人抱憾的事。谁能够老实对他这样说，才是一个正直的汉子。
埃　　即使把这一座大好的岛送给我，我也不愿意说；我很爱凯西奥，要是有办法，我愿意尽力帮助他除去这一种恶癖。可是听！什么声音？（内呼声："救命！救命！"）

【凯西奥驱洛特力戈重上。

凯　　混蛋！狗贼！

蒙　　什么事，副将？

凯　　一个混蛋也敢教训起我来！我要把这混蛋打进一口瓶子里去。

洛　　打我！

凯　　你还要利嘴吗，狗贼？（打洛）

蒙　　（拉凯）不，副将，请您住手。

凯　　放开我，先生，否则我要一拳打到你的头上来了。

蒙　　得啦得啦，你醉了。

凯　　醉了！（与蒙斗）

埃　　（向洛旁白）快走！到外边去高声嚷叫，说是出了乱子啦。（洛下）不，副将！天哪，各位先生！喂，来人！副将！蒙坦诺！帮帮忙，各位朋友！这算是守的什么夜呀！（钟鸣）谁在那儿打钟，该死！全市的人都要起来了。天哪！副将，住手！你的脸要从此丢尽啦。

【奥瑟罗及侍从等重上。

奥　　这儿出了什么事情?

蒙　　他妈的!我的血流个不停;我受了重伤啦。

奥　　要活命的快住手!

埃　　喂,住手,副将!蒙坦诺!各位先生!你们忘记你们的地位和责任了吗?住手!主帅在对你们说话;还不住手!

奥　　怎么,怎么!为什么闹起来的?难道我们都变成野蛮人了吗?为了基督徒的面子,停止这场粗暴的争吵;谁要是一味呕气,再敢动一动,他就是看轻他自己的灵魂,他一举手我就叫他死。叫他们不要打那可怕的钟;它会扰乱岛上的人心。各位,究竟是怎么一回事?正直的埃古,瞧你懊恼得脸色惨淡,告诉我,谁开始这场争闹?凭着你的忠心,老实对我说。

埃　　我不知道:刚才还是好好的朋友,像正在宽衣解带的新夫妇一般相亲相爱,一下子就好像受到什么星光的刺激,迷失了他们的本性似的,大家拔出剑来,向彼此的胸前直刺过去,拼个你死我活了。我说不出这场任性的争吵是怎么开始的；只怪我这双腿不曾在光荣的战阵上失去，那么我也不会踏进这种是非中间了！

奥 迈克尔，你怎么会这样忘记你自己的身分？

凯 请您原谅我；我没有话可说。

奥 尊贵的蒙坦诺，您一向是个温文知礼的人，您的少年端重为举世所钦佩，在贤人君子之间，您有很好的名声；为什么您会这样自贬身价，牺牲您的宝贵的名誉，让人家说您是个在深更半夜里酗酒闹事的家伙？给我一个回答。

蒙 尊贵的奥瑟罗，我伤得很利害，不能多说话；您的贵部下埃古可以告诉您我所知道的一切。其实我也不知道我在今夜说错了什么话或是做错了什么事，除非在暴力侵凌的时候，自卫是一桩罪恶。

奥 苍天在上，我现在可再也遏制不住我的怒气了。我只要动一动，或是举一举起这一只手臂，就可以叫你们中间最有本领的人在我的一怒之下丧失了生命。让我知道这一场可耻的骚扰是怎么开始的，谁是最初肇起事端来的人；要是证实了那一个人是启衅的罪魁,即使他是我的孪生兄弟,我也不能放过他。什么!一个新遭战乱的城市,秩序还没有恢复,人民的心里充满了恐惧,你们却在深更半夜,在全岛治安所系赖的所在为了私人间的细故争吵起来!岂有此理!埃古,谁是肇事的人?

蒙　你要是意存偏袒,或是同僚相护,所说的话和事实不尽符合,你就不是个军人。

埃　不要这样逼我;我宁愿割下自己的舌头,也不愿让它说迈克尔·凯西奥的坏话;可是事已如此,我想说老实话也不算对不起他。是这样的,主帅:蒙坦诺跟我正在谈话,忽然跑进一个人来高呼救命,后面跟着凯西奥,杀气腾腾地提了剑,好像一定要杀死他才甘心似的;那时候这位先生就挺身前去拦住凯西奥,请他息怒;我自己追赶那个叫喊的人,因为恐怕他在外边大惊小怪,扰乱人心,可是他跑得快,我追不上,又听见背后刀剑碰撞,和凯西奥高声咒骂的声音,所以就回来了;我从来没有听见他这样骂过人;我本来追得不远,一转身就看见他们在这儿你一刀我一剑地厮杀得难解难分,正像您到来喝开他们的时候一样。我所能报告的就是这几句话。人总是人,圣贤也有错误的时候;一个人在愤怒之中,就是好朋友也会反脸不认。虽然凯西奥给了他一点小小的伤害,可是我相信凯西奥一定从那逃走的家伙手里受到什么奇耻大辱,所以才会动起那么大的火性来的。

奥　　埃古,我知道你的忠实和义气,使你把这件事情轻描淡写,替凯西奥减轻他的罪名。凯西奥,你是我的好朋友,可是从此以后,你不是我的部属了。

【苔丝德梦娜率侍从重上。

奥　　瞧!我的温柔的爱人也给你们吵醒了!(向凯)我要把你做一个榜样。

苔　　什么事?

奥　　现在一切都没事了,爱人;去睡吧。先生,您受的伤我愿意亲自替您医治。把他扶出去。(侍从扶蒙下)埃古,你去巡视市街,安定安定受惊的人心。来,苔丝德梦娜;难圆的是军人的好梦,才合眼又被杀

声惊动。(除埃,凯外均下)

埃 什么!副将,你受伤了吗?

凯 嗯,我的伤是无药可救的了。

埃 嗳哟,上天保佑没有这样的事!

凯 名誉,名誉,名誉!啊,我的名誉已经一败涂地了!我已经失去我的生命中不死的一部分,留下来的也就跟畜生没有分别了。我的名誉,埃古,我的名誉!

埃 我是个老实人,我还以为你受到了什么身体上的伤害,那是比名誉的损失痛苦得多的。名誉是一件无聊的骗人的东西;得到它的人未必有什么功德,失去它的人也未必有什么过失。你的名誉仍旧是好端端的,除非你自以为它已经扫地了。嘿,朋友,你要恢复主帅对你的欢心,尽有办法呢。你现在不过一时遭逢他的恼怒;他给你的这一种处分,与其说是表示对你的不满,还不如说是遮掩世人耳目的政策,正像有人为了吓退一头凶恶的狮子而故意鞭打他的驯良的狗儿一样。你只要向他恳求恳求,他一定会回心转意的。

凯 我宁愿恳求他唾弃我,也不愿蒙蔽他的聪明,让这样一位贤能的主帅手下有这么一个酗酒放荡的不肖将校。纵饮无度！胡言乱道！吵架！吹牛！赌咒！跟自己的影子说些废话！啊，你空虚飘渺的甘酒的精灵，要是你还没有一个名字，让我们叫你做魔鬼吧！

埃　你提起了剑追逐不舍的那个人是谁？他怎么冒犯了你？

凯　我不知道。

埃　你怎么会不知道？

凯　我记得一大堆的事情，可是全都是模模糊糊的；我记得跟人家吵起来，可是不知道为了什么。上帝啊！人们居然会把一个仇敌放进了自己的嘴里，让它偷去他们的头脑，在欢天喜地之中，把我们自己变成了畜生！

埃　可是你现在已经很清醒了；你怎么会明白过来的？

凯　气鬼一上了身，酒鬼就自动退让；一件过失引起了第二件过失，简直使我自己也瞧不起自己了。

埃　得啦，你也太认真了。照此时此地的环境说起来，我但愿没有这种事情发生；可是既然事已如此，以后留心改过也就是了。

凯　　　我要向他请求恢复我的原职；他会对我说我是一个酒棍！即使我有一百张嘴，这样一个答复也会把它们一起封住。现在还是一个清清楚楚的人，不一会儿就变成个傻子，立刻他就变成一头畜生！啊，奇怪！每一杯过量的酒都是魔鬼酿成的毒水。

埃　　　算了，算了，好酒只要不滥喝，也是一个很好的伙伴；你也不用咒骂它了。副将，我想你一定把我当作一个好朋友看待。

凯　　　我很信任你的友谊。——我醉了！

埃　　　朋友，一个人有时候多喝了几杯，也是免不了的。让我告诉你一个办法。我们主帅的夫人现在是我们真正的主帅；我可以这样说，因为他心里只念着她的好处，眼睛里只看见她的可爱。你只要在她面前坦白忏悔，恳求恳求她，她一定会帮助你官复原职。她的性情是那么慷慨仁慈，那么体贴人心，人家请她出十分力，她要是没有出到十二分，就觉得好像对人不起似的。你请她替你弥缝弥缝你跟她的丈夫之间的这一道裂痕，我可以拿我的全部财产打赌，你们的交情一定会反而因此格外加强的。

凯　　你的主意出得很好。

埃　　我发誓这一种意思完全出于一片诚心。

凯　　我充分信任你的善意；明天一早我就请求贤德的苔丝德梦娜替我尽力说情。要是我在这儿给他们革退了，我的前途也就从此毁了。

埃　　你说得对。晚安，副将；我还要守夜去呢。

凯　　晚安，正直的埃古！（下）

埃　　谁说我作事奸恶？我贡献给他的这番意见，不是光明正大，很合理，而且的确是挽回这摩尔人的心意的最好办法吗？只要是正当的请求，苔丝德梦娜总是有求必应的；她的为人是再慷慨再热心不过的了。至于叫她去说动这摩尔人，更是不费吹灰之力；他的灵魂已经完全成为她的爱情的俘虏，无论她要做什么事，或是把已经做成的事重新推翻，即使叫他抛弃他的信仰和一切得救的希望，他也会唯命是从，让她的喜恶主宰他的无力反抗的身心。我既然向凯西奥指示了这一条对他有利的方策，谁还能说我是个恶人呢？佛面蛇心的鬼魅！恶魔往往用神圣的外表，引诱世人干最恶的罪行，正像我现在所用的手段一样；因为当这个老实的呆子恳求苔丝德梦娜为他转圜，当她竭力在那摩尔人面前替他说情的时候，我就要用毒药灌进那摩尔人的耳中，说是她所以要运动凯西奥复职，只是为了恋奸情热的缘故。这样她越是忠于所托，越是会加强那摩尔人的猜疑；我就利用她的善良的心肠污毁她的名誉，让他们一个个都落进了我的罗网之中。

【洛特力戈重上。

埃　啊，洛特力戈！

洛　我在这儿给你们驱来赶去，不像一头追寻狐兔的猎狗，倒像是替你们凑凑热闹的。我的钱也差不多花光了，今夜我还挨了一顿痛打；我想这番教训，大概就是我费去不少辛苦换来的代价了。现在我的钱囊已经空空如也，我的头脑里总算增加了一点智慧，我要回到威尼斯去了。

埃　没有耐性的人是多么可怜！什么伤口不是慢慢儿平复起来的？你知道我们干事情全赖计谋，并不是用的魔法;用计谋就必须等待时机成熟。一切进行得不是很顺利吗?凯西奥固然把你打了一顿,可是你受了一点小小的痛苦,已经使凯西奥把官职都丢了。虽然在太阳光底下,各种草木都欣欣向荣,可是最先开花的果子总是最先成熟。你安心点儿吧。嗳哟,天已经亮啦;又是喝酒,又是打架,闹哄哄的就让时间飞走过去了。你去吧,回到你的宿舍里去;去吧,有什么消息我再来告诉你;去吧。(洛下)我还要做两件事情:第一是叫我的妻子在她的女主人面前替凯西奥说两句好话;同时我就去设法把那摩尔人骗一骗开,等到凯西奥去向他的妻子请求的时候,再让他亲眼看见这幕把戏。好,言之有理;不要迁延不决,耽误了锦囊妙计。(下)

第三幕

> 黑暗的复仇,从你的幽窟之中升起来吧!爱情啊,把你的王冠和你的心灵深处的宝座让给残暴的憎恨吧!

第一场　赛普勒斯；城堡前

【凯西奥及若干乐工上。

凯　　列位朋友，就在这儿奏起来吧；我会酬劳你们的。奏一支简短一些的乐曲，敬祝我们的主帅晨安。（音乐）

【小丑上。

丑　　怎么，列位朋友，你们的乐器都曾到过奈泊尔斯，所以会这样嗡咙嗡咙地用鼻音说话吗？

乐工甲　　怎么，大哥，怎么？

丑　　请问这些都是管乐器吗？

乐工甲　　正是，大哥。

丑　　啊，原来如此。可是，列位朋友，这儿是赏给你们的钱；将军非常喜欢你们的音乐，他请求你们千万不要再奏下去了。

乐工甲　　好，大哥，那么我们不奏了。

丑　　要是你们会奏听不见的音乐，请奏起来吧；可是正像人家说的,将军对于听音乐这件事不大感到兴趣。

乐工甲　　我们不会奏那样的音乐。

丑　　那么把你们的笛子藏起来,因为我要去了。去,消灭在空气里吧;去!(乐工等下)

凯　　你听不听见,我的好朋友?

丑　　不,我没有听见您的好朋友;我只听见您。

凯　　少说笑话。这一块小小的金币你拿了去;要是伺候将军夫人的那位奶奶已经起身,你就告诉她有一个凯西奥请她出来说话。你肯不肯?

丑　　她已经起身了,先生;要是她愿意出来,我就告诉她。

凯　　谢谢你,我的好朋友。(丑下)

【埃古上。

凯　　来得正好,埃古。

埃　　你还没有上过床吗?

凯　　没有;我们分手的时候,天早就亮了。埃古,我已经大胆叫人去请你的妻子出来;我想请她替我设法见一见贤德的苔丝德梦娜。

埃　我去叫她立刻出来见你。我还要想一个法子把那摩尔人调开，好让你们谈话方便一些。

凯　多谢你的好意。（埃下）我从来没有认识过一个比他更善良正直的佛罗伦斯人。

【哀米莉霞上。

哀　早安，副将！听说您误触主帅之怒，真是一件令人懊恼的事；可是一切就会转祸为福的。将军和他的夫人正在谈起此事，夫人竭力替您辩白，将军说，被您伤害的那个人，在赛普勒斯是很有名誉很有势力的。为了避免受人非难起见，他不得不把您斥革；可是他说他很喜欢您，即使没有别人替您说情，他也会留心着一有适当的机会，就让您恢复原职的。

凯　可是我还要请求您一件事：要是您认为没有妨碍，或是可以办得到的话，请您设法让我独自见一见苔丝德梦娜，跟她作一次简短的谈话。

哀　请您进来吧；我可以带您到一处可以让您从容吐露您的心曲的所在。

凯　那真使我感激万分。（同下）

第二场　城堡中的一室

【奥瑟罗，埃古，及绅士等上。

奥　　埃古，这几封信你拿去交给舵师，叫他回去替我呈上元老院。我就在堡垒上走走；你把事情办好以后，就到那边来见我。

埃　　是，主帅，我就去。

奥　　各位，我们要不要去看看这儿的防务？

众　　我们愿意奉陪。（各下）

第三场　城堡前

【苔丝德梦娜,凯西奥,及哀米莉霞上。

苔　　好凯西奥,你放心吧,我一定尽力替你说情就是了。

哀　　好夫人,请您千万出力。不瞒您说,我的丈夫为了这件事情,也懊恼得不得了,就像是他自己身上的事情一般。

苔　　啊!你的丈夫是一个好人。放心吧,凯西奥,我一定会设法使我的丈夫对你恢复原来的友谊。

凯　　大恩大德的夫人,无论迈克尔·凯西奥将来会有什么成就,他永远是您的忠实的仆人。

苔　　我知道;我感谢你的好意。你爱我的丈夫,你又是他的多年的知交;放心吧,他除了表面上因为避免嫌疑而对你略示疏远以外,决不会真的把你见外的。

凯　　您说得很对,夫人;可是我现在失去了在帐下供奔走的机会,日久之后,有人代替了我的地位,恐怕主帅就要把我的忠诚和微劳一起忘记了。

苔　　那你不用担心;当着哀米莉霞的面前,我保证你一定可以回复原职。请你相信我,要是我发誓帮助一个朋友,我一定会帮助他到底。我的丈夫将要不得安息,无论睡觉吃饭的时候,我都要在他耳旁聒噪;无论他干什么事,我都要插进嘴去替凯西奥说情。所以高兴起来吧,凯西奥,因为你的辩护人是宁死不愿放弃你的权益的。

【奥瑟罗及埃古自远处上。

哀　夫人,将军来了。

凯　夫人,我告辞了。

苔　啊,等一等,听我说。

凯　夫人,改日再谈吧;我现在心里很不自在,见了主帅恐怕反多不便。

苔　好,随您的便。(凯下)

埃　吓!我不欢喜那种样子。

奥　你说什么?

埃　没有什么,主帅;要是——我不知道。

奥　那从我妻子身边走开去的,不是凯西奥吗?

埃 凯西奥，主帅？不，我想他一定不会看见您来了，就好像做了什么亏心事似的偷偷儿溜走的。

奥 我相信是他。

苔 啊，我的主！刚才有人在这儿向我请托，他因为失去了您的欢心，非常抑郁不快呢。

奥 你说的是什么人？

苔 就是您的副将凯西奥呀。我的好夫君，要是我还有几分面子，或是几分可以左右您的力量，请您立刻对他恢复原来的恩宠吧；因为他倘不是一个真心爱您的人，他的过失倘不是无心而是有意的，那么我就是看错了人啦。请您叫他回来吧。

奥 他刚才从这儿走开去吗？

苔 嗯，是的；他是那样满含着羞愧，使我也不禁对他感到同情的悲哀。爱人，叫他回来吧。

奥 现在不必，亲爱的苔丝德梦娜；慢慢儿再说吧。

苔 可是那不会太久吗？

奥 亲爱的，为了你的缘故，我叫他早一点复职就是了。

苔 能不能在今天晚餐的时候？

奥 不，今晚可不能。

苔　那么明天午餐的时候？

奥　明天我不在家里午餐；我要跟将领们在营中会面。

苔　那么明天晚上吧；或者星期二早上，星期二中午，晚上，星期三早上，随您指定一个时间，可是不要超过三天以上。他对于自己的行为不检，的确非常悔恨；固然在这种战争的时期，地位较高的人必须以身作则，可是照我们平常的眼光看来，他的过失实在是微乎其微的。什么时候让他来？告诉我，奥瑟罗。要是您有什么事情要求我，我想我决不会拒绝您，或是这样吞吞吐吐的。什么！迈克尔·凯西奥，您向我求婚的时候，是他陪着您来的；好多次我表示对您不满意的时候，他总是为您辩护；现在我请您把他重新叙用，却会这样为难！相信我，我可以——

奥　好了，不要说下去了。让他随便什么时候来吧；你要什么我总不愿拒绝的。

苔　这并不是一个恩惠，就好像我请求您戴上您的手套，劝您吃些富于营养的菜肴，穿些温暖的衣服，或是叫您做一件对您自己有益的事情一样。不，要是我真的向您提出什么要求，来试探试探您的爱情，那一定要是一件非常棘手而难以应允的事。

奥　　我什么都不愿拒绝你；可是现在你必须答应暂时离开我一会儿。

苔　　我会拒绝您的要求吗？不。再会，我的主。

奥　　再会，我的苔丝德梦娜；我马上就来看你。

苔　　哀米莉霞，来吧。您爱怎么样就怎么样，我总是服从您的。（苔、哀同下）

奥　　可爱的女人！我的灵魂永堕地狱，要是我不爱你！当我不爱你的时候，世界也要复归于混沌了。

埃　　尊贵的主帅，——

奥　　你说什么，埃古？

埃　　当您向夫人求婚的时候，迈克尔·凯西奥也知道你们的恋爱吗？

奥　　他从头到尾都知道。你为什么问起？

埃　　不过是为了解释我心头的一个疑惑，并没有其他的用意。

奥　　你有什么疑惑，埃古？

埃　　我以为他本来跟夫人是不相识的。

奥　　啊，不，他常常在我们两人之间传递消息。

埃　　当真!

奥　　当真!嗯,当真。你觉得有什么不对吗?他这人不老实吗?

埃　　老实,我的主帅?

奥　　老实!嗯,老实。

埃　　主帅,照我所知道的,——

奥　　你有什么意见?

埃　　意见,我的主帅!

奥　　意见,我的主帅!天哪,他在学我的舌头,好像在他的思想之中,藏着什么丑恶得不可见人的怪物似的。你的话里含着意思。刚才凯西奥离开我的妻子的时候,我听见你说,你不欢喜那种样子;你不欢喜什么样子呢?当我告诉你在我求婚的全部过程中,他都参预我们的秘密的时候,你又喊着说,"当真!"蹙紧了你的眉头,好像在把一个可怕的思想关锁在你的脑筋里一样。要是你爱我,把你所想到的事告诉我吧。

埃　　主帅,您知道我是爱您的。

奥　　我相信你的话;因为我知道你是一个忠爱正直

的人，从来不让一句没有忖度过的说话轻易出口，所以你这种吞吞吐吐的口气格外使我惊疑。在一个奸诈的小人，这些不过是一套玩惯了的戏法；可是在一个正人君子，那就是从心底里不知不觉自然流露出来的秘密的抗议。

埃　讲到迈克尔·凯西奥，我敢发誓我相信他是忠实的。

奥　我也是这样想。

埃　人们的内心应该跟他们的外表一致，有的人却不是这样；要是他们能够脱下了假面，那就好了！

奥　不错，人们的内心应该跟他们的外表一致。

埃　所以我想凯西奥是个忠实的人。

奥　不，我看你还有一些别的意思。请你老老实实把你的思想告诉我，尽管用最坏的字眼，说出你所想到的最坏的事情。

埃　我的好主帅，请原谅我；凡是我名分上应尽的责任，我当然不敢躲避，可是您不能勉强我做那一切奴隶们也没有那种义务的事。吐露我的思想？也许它们是邪恶而卑劣的；那一座庄严的宫殿里，不会有时被下贱的东西闯入呢？那一个人的心胸这样纯洁，没有一些污秽的念头和正大的思想分庭抗礼呢?

奥　埃古,要是你以为你的朋友受人欺侮了,可是却不让他知道你的思想,这不成了党敌卖友了吗?

埃　也许我是以小人之腹度君子之心,因为我是一个秉性多疑的人,常常会无中生有,错怪了人家;所以请您还是不要把我的无稽的猜测放在心上,更不要因为我的胡乱的妄言而自寻烦恼。要是我让您知道了我的思想,一则将会破坏您的安静,对您没有什么好处;二则那会影响我的人格,对我也是一件不智之举。

奥　你的话是什么意思?

埃　我的好主帅,无论男人女人,名誉是他们灵魂里面最切身的珍宝。谁偷窃我的钱囊的,不过偷窃到一些废物,一些虚无的幻质,它从我的手里转到他的手里,它也曾做过千万人的奴隶;可是谁偷了我的名誉去的,那么他虽然并不因此而富足,我却因为失去它而成为赤贫了。

奥　凭着上天起誓,我一定要知道你的思想。

埃　即使我的心在您的手里,您也不能知道我的思想;

当它还在我的保管之下，我更不能让您知道。

奥 吓！

埃 啊，主帅，您要留心嫉妒啊！那是一个绿眼的妖魔，谁做了它的牺牲，就要受它的玩弄。本来并不爱他的妻子的那种丈夫，虽然明知被他的妻子欺骗，算来还是幸福的；可是啊！一方面那样痴心疼爱，一方面又是那样满腹狐疑，这才是活活的受罪！

奥 啊，难堪的痛苦！

埃 贫穷而知足，可以赛过富有；有钱的人要是时时刻刻都在担心他会有一天变成穷人，那么即使他有无限的资财，实际上也像冬天一样贫困。天啊，保佑我们不要嫉妒吧！

奥 咦，这是什么意思？你以为我会在嫉妒里消磨我的一生，随着每一次月亮的变化，发生一次新的猜疑吗？不，我有一天感到怀疑，就要把它立刻解决。要是我会让这种捕风捉影的推测支配我的心灵，像你所暗示的那样，我就是一头愚蠢的山羊。谁说我的妻子貌美多姿，爱好交际，口才敏慧，能歌善舞，决不会使我嫉妒；对于一个贤淑的女子，这些是锦上添花的美妙的外饰。我也绝不因为我自己的缺点而担心她会背叛我;她倘不是独具慧眼,决不会选中我的。不,埃古,我在没有亲眼目睹以前,决不妄起猜疑;当我感到怀疑的时候,我就要把它证实;果然有了确实的证据,我就一了百了,让爱情和嫉妒同时毁灭。

埃　您这番话使我听了很是高兴,因为我现在可以用更坦白的精神,向您披露我的忠爱之忱了。我还不能给您确实的证据。注意尊夫人的行动;留心观察她对凯西奥的态度;用冷静的眼光看着他们,不要一味多心,也不要过于大意。我不愿您的慷慨豪迈的天性被人欺罔;留心着吧。我知道我们国里娘儿们的脾气;在威尼斯她们背着丈夫干的风流活剧,是不瞒天地的;她们可以不顾羞耻,干她们所要干的事,只要不让丈夫知道,就可以问心无愧。

奥　你真的这样说吗?

埃　她当初跟您结婚,曾经骗过她的父亲;当她好像对您的容貌战栗畏惧的时候,她的心里却在热烈地爱着它。

奥　　她正是这样。

埃　　好，她这样小小的年纪，就有这般能耐，做作得不露一丝破绽，把她父亲的眼睛完全遮掩过去，使他疑心您用妖术把她骗走。——可是我不该说这种话；请您原谅我对您的过分的忠心吧。

奥　　我永远感激你的好意。

埃　　我看这件事情有点儿扫了您的兴致。

奥　　一点不，一点不。

埃　　真的，我怕您在恼啦。我希望您把我这番话当作善意的警戒。可是我看您真的在动怒啦。我必须请求您不要因为我这么说了，就武断地下了结论；不过是一点嫌疑，还不能就认为事实哩。

奥　　我不会的。

埃　　您要是这样，主帅，那么我的话就要引起不幸的后果，完全违反我的本意了。凯西奥是我的好朋友，——主帅，我看您在动怒啦！

奥　　不，并不怎么动怒。我想苔丝德梦娜是贞洁的。

埃　　但愿她永远如此！但愿您永远这样想！

奥　　可是一个人往往容易迷失本性，——

埃　嗯，问题就在这儿。说句大胆的话，当初多少跟她同国族同肤色同阶级的人向她求婚，她都置之不理，这明明是违反常情的举动；嘿！从这儿就可以看到一个荒唐的意志，乖僻的习性，和不近人情的思想。可是原谅我，我不一定指着她说话；虽然我恐怕她因为一时的孟浪跟随了您，也许后来会觉得您在各方面不能符合她自己国中的标准而懊悔她的选择的错误。

奥　再会，再会。要是你还观察到什么事，请让我知道；叫你的妻子留心察看。离开我，埃古。

埃　主帅，我告辞了。（欲去）

奥　我为什么要结婚呢？这个诚实的汉子所看到所知道的事情，一定比他向我宣布出来的多得多。

埃　（回转）主帅，我想请您最好把这件事情搁一搁，慢慢儿再看吧。凯西奥虽然应该让他复职，因为他对于这一个职位是非常胜任的；可是您要是愿意对他暂时延宕一下，就可以借此窥探他的真相，看他钻的是那一条门路。您只要注意尊夫人在您面前是不是着力替他说情；从那上头就可以看出不少情事。现在请您只把我的意见认作无谓的过虑，——我相信我的确太多疑了，——仍旧把尊夫人看成一个清白无罪的人。

奥 你放心吧，我不会失去自制的。

埃 那么我告辞了。（下）

奥 这是一个非常诚实的家伙，对于人情世故是再熟悉不过的了。要是我能够证明她是一头没有驯伏的野鹰，虽然我用自己的心弦把她系住，我也要放她随风远去，追寻她自己的命运。也许因为我生得黑丑，缺少绅士们温柔风雅的谈吐，也许因为我年纪老了点儿，——虽然还不算顶老，——所以她才会背叛我；我已经自取其辱，只好割断对她这一段痴情。啊，结婚的烦恼！我们可以在名义上把这些可爱的人儿称为我们所有，却不能支配她们的爱憎喜恶。我宁愿做一只虾蟆，呼吸牢室中的浊气，也不愿占住了自己心爱之物的一角，让别人把它享用。可是那是富贵者也不能幸免的灾祸，他们并不比贫贱者享有更多的特权；那是像死一样不可逃避的命运，我们一生下来就已经在冥冥中注定了的。瞧！她来了。倘然她是不贞的，啊！那么上天在开自己的玩笑了。我不信。

【苔丝德梦娜及哀米莉霞重上。

苔　啊,我的亲爱的奥瑟罗!您所宴请的那些岛上的贵人们都在等着您去就席哩。

奥　是我失礼了。

苔　您怎么说话这样没有劲?您不大舒服吗?

奥　我有点儿头痛。

苔　那一定是为了少睡的缘故,不要紧的;让我替您绑紧了,一小时内就可以痊愈。

奥　你的手帕太小了。(苔帕坠地)随它去;来,我跟你一块儿进去。

苔　您身子不舒服,我很懊恼。(奥、苔下)

哀　我很高兴我拾到了这方手帕;这是她从那摩尔人手里第一次得到的礼物。我那古怪的丈夫向我说过了不知多少好话,要我把它偷了来;可是她非常喜欢这玩意儿,因为他叫她永远保存,不许遗失,所以她随时带在身边,一个人的时候就拿出来把它亲吻,对它说话。我要去把那花样描下来,再把它送给埃古;究竟他拿去有什么用,天才知道,我可不知道。我只不过为了讨他的欢喜。

【埃古重上。

埃　啊!你一个人在这儿干么?

哀　不要骂;我有一件好东西给你。

埃　一件好东西给我?一件不值钱的东西,——

哀　吓!

埃　娶了一个愚蠢的老婆。

哀　啊!当真?要是我现在把那方手帕给了你,你给我什么东西?

埃　什么手帕?

哀　什么手帕!就是那摩尔人第一次送给苔丝德梦娜,你老是叫我偷了来的那方手帕呀。

埃　已经偷来了吗?

哀　不,不瞒你说,她自己不小心掉了下来,我正在旁边,趁此机会就把它拾起来了。瞧,这不是吗?

埃　　好娘子,给我。

哀　　你一定要我偷了它来,究竟有什么用?

埃　　哼,那干你什么事?(夺帕)

哀　　要是没有重要的用途,还是把它还了我吧。可怜的夫人!她失去这方手帕,准要发疯了。

埃　　不要说出来;我自有用处。去,离开我。(哀下)我要把这手帕丢在凯西奥的寓所里,让他找到它。像空气一样轻的小事,对于一个嫉妒的人,也会变成天书一样坚强的确证;也许这就可以引起一场是非。这摩尔人为我的毒药所中,他的心理上已经发生变化了;危险的思想本来就是一种毒药,虽然在开始的时候尝不到什么苦涩的味道,可是渐渐儿在血液里活动起来,就会像火山一样轰然爆发。我已经说过了;瞧,他又来了!

【奥瑟罗重上。

埃　　罂粟,曼陀罗,或是世上一切使人昏迷的药草,都不能使你得到昨天晚上你还安然享受的酣眠。

奥　　吓！吓！对我不贞？

埃　　啊，怎么，主帅！别老是想着那件事啦。

奥　　去！滚开！你害得我好苦。与其知道得不明不白，还是糊里糊涂受人家欺弄的好。

埃　　怎么，主帅！

奥　　她瞒着我跟人家私通，我不是一无知觉的吗？我没有看见，没有想到，它对我漠不相干；到了晚上，我还是睡得好好的，逍遥自得，无忧无虑，在她的嘴唇上找不到凯西奥吻过的痕迹。被盗的人要是不知道偷儿盗去了他什么东西，他就是等于没有被盗一样。

埃　　我很抱歉听见您说这样的话。

奥　　要是全营的将士，从最低微的工兵起，都曾领略过她的肉体的美趣，只要我一无所知，我还是快乐的。啊！从今以后，永别了，宁静的心绪！永别了，平和的幸福！永别了，威武的大军，激发壮志的战争！啊，永别了！永别了，长嘶的骏马，锐厉的号角，惊魂的鼙鼓，刺耳的横笛，庄严的大旗，和一切战阵上的威仪！还有你，杀人的巨炮啊，你的残暴的喉管里摹仿着天神乔武的怒吼,永别了!奥瑟罗的事业已经完毕。

埃　难道一至于此吗,主帅?

奥　恶人,你必须证明我的爱人是一个淫妇,你必须给我目击的证据;否则凭着人类永生的灵魂起誓,我的激起了的怒火将要喷射在你的身上,使你悔恨自己当初不曾投胎做一条狗!

埃　竟会到了这样的地步吗?

奥　让我亲眼看见这种事实,或者至少给我无可置疑的切实的证据,否则我要活活取你的命!

埃　尊贵的主帅,——

奥　你要是故意捏造谣言,毁坏她的名誉,使我受到难堪的痛苦,那么你再不要祈祷吧;放弃一切恻隐之心,让各种残酷的罪恶丛集于你的残酷的一身,尽管做一些使上天悲泣,使人世惊愕的暴行吧,因为你现在已经罪大恶极,没有什么可以使你在地狱里沉沦得更深了。

埃　天啊!您是一个汉子吗?您有灵魂吗?您有知觉吗?上帝和您同在!我也不要做这牢什子的旗官

了。啊，倒霉的傻瓜！你以为自己是个老实人，人家却把你的老实当作了罪恶！啊，丑恶的世界！注意，注意，世人啊！说老实话，做老实人，是一件危险的事哩。谢谢您给我这一个有益的教训；既然善意反而遭人嗔怪，从此以后，我再也不对什么朋友掬献我的真情了。

奥　　不，且慢；你应该做一个老实的人。

埃　　我应该做一个聪明人；因为老实人就是傻瓜，虽然一片好心，结果还是不能取信于人。

奥　　我想我的妻子是贞洁的，可是又疑心她不大贞洁；我想你是诚实的，可是又疑心你不大诚实。我一定要得到一些证据。她的名誉本来是像黛安娜的容颜一样皎洁的，现在已经染上污垢，像我自己的脸庞一样黝黑了。要是这儿有绳子，刀子，毒药，火焰，或是使人窒息的河水，我一定不能忍受下去。但愿我能够扫空这一块疑团！

埃　　主帅，我看您完全被感情所支配了。我很后悔不该惹起您的疑心。那么您愿意知道究竟吗？

奥　　愿意！嘿，我一定要知道。

埃　那倒是可以的；可是怎样去知道它呢，主帅？您还是眼睁睁地当场看她被人奸污吗？

奥　啊！该死该死！

埃　叫他们当场出丑，我想很不容易；他们干这种事，总是要避人眼目的。那么怎么样呢？我应该怎么说呢？怎样才可以拿到真凭实据？即使他们像山羊一样风骚，猴子一样好色，豺狼一样贪淫，即使他们是糊涂透顶的傻瓜，您也看不到他们这一幕把戏。可是我说，有了确凿的线索，就可以探出事实的真相；要是这一类间接的旁证可以替您解除疑惑，那倒是不难得到的。

奥　给我一个充分的理由，证明她已经失节。

埃　我不欢喜这件差使；可是既然愚蠢的忠心已经把我拉进了这一桩纠纷里去，我也不能再守沉默了。最近我曾经和凯西奥同过榻；我因为牙痛不能入睡；世上有一种人，他们的灵魂是不能保守秘密的，往往会在睡梦之中吐露他们的私事，凯西奥也就是这一种人；我听见他在梦寐中说，"亲爱的苔丝德梦娜，我们须要小心，不要让别人窥破了我们的爱情！"

于是，主帅，他就紧紧地捏住我的手，嘴里喊，"啊，可爱的人儿！"然后狠狠地吻着我，好像那些吻是长在我的嘴唇上，他恨不得把它们连根拔起一样；然后他又把他的脚搁在我的大腿上，叹一口气，亲一个吻，喊一声"该死的命运，把你给了那摩尔人！"

奥 啊，可恶！可恶！

埃 不，这不过是他的梦。

奥 虽然只是一个梦，已经可以断定一切。

埃 这也许可以进一步证实其他的疑窦。

奥 我要把她碎尸万段。

埃 不，您不能太卤莽了；我们还没有看见实际的行动；也许她还是贞洁的。告诉我这一点：您有没有看见过在尊夫人的手里有一方绣着草莓花样的手帕？

奥 我给过她这样一方手帕；那是我第一次送给她的礼物。

埃 那我不知道；可是今天我看见凯西奥用这样一方手帕抹他的胡子，我相信它一定就是尊夫人的。

奥 假如就是那一方手帕，——

埃 假如就是那一方手帕，或者是其他她所用过的手帕，那么又是一个对她不利的证据了。

奥　啊,我但愿那家伙有四万条生命!单单让他死一次是发泄不了我的愤怒的。现在我明白这件事情全然是真的了。瞧,埃古,我把我的全部痴情向天空中吹散;它已经随风消失了。黑暗的复仇,从你的幽窟之中升起来吧!爱情啊,把你的王冠和你的心灵深处的宝座让给残暴的憎恨吧!胀起来吧,我的胸膛,因为你已经满载着毒蛇的螫舌!

埃　请不要发恼。

奥　啊,血!血!血!

埃　忍耐点儿吧;也许您的意见会改变过来的。

奥　决不,埃古。正像黑海的寒涛滚滚奔流,永远不会后退一样,我的风驰电掣的流血的思想,在复仇的目的没有充分达到以前,也决不会踟蹰却顾,化为绕指的柔情。(跪)苍天在上,我倘不能报复这奇耻大辱,誓不偷生人世。

埃　且慢起来。(跪)永古炳耀的日月星辰,环抱宇宙的风云雨雾,请你们为我作证:从现在起,埃古愿意尽心竭力,为被欺的奥瑟罗效劳;无论他叫我做什么残酷的工作,我一切唯命是从。

奥　我不用空口的感谢接受你的好意,为了表示我的诚心的嘉纳,我要请你立刻履行你的诺言:在这三天以内,让我听见你说凯西奥已经不在人世。

埃　我的朋友的死已经决定了,因为这是您的意旨;可是放她活命吧。

奥　该死的淫妇!啊,咒死她!来,跟我去;我要为这美貌的魔鬼想出一个干脆的死法。现在你是我的副将了。

埃　我永远是您的忠仆。(同下)

第四场　城堡前

【苔丝德梦娜，哀米莉霞，及小丑上。

苔　喂，你知道凯西奥副将住在什么地方吗？

丑　我不敢说他住在什么地方。

苔　为什么？

丑　告诉您他住在什么地方，就是告诉您我掉诳。

苔　那是什么意思？

丑　我不知道他住在什么地方；要是胡乱想出一个地方来，说他住在这儿那儿，那就是随口掉诳啦。

苔　你可以打听打听他在什么地方呀。

丑　好，我就去到处打听人家，看他们怎么回答我。

苔　找到了他，你就叫他到这儿来；对他说我已经替他在将军面前说过情了，大概可以得到圆满的结果。

丑　干这件事是一个人的智力所能及的，所以我愿意去干它一下。（下）

苔　我究竟在什么地方掉了那方手帕呢，哀米莉霞？

哀　我不知道,夫人。

苔　相信我,我宁愿失去我的一袋金币;倘然我的摩尔人不是这样一个光明磊落的汉子,倘然他也像那些多疑善妒的卑鄙男人一样,这是很可以引起他的疑心的。

哀　他不会嫉妒吗?

苔　谁!他?我想在他生长的地方,那灼热的阳光已经把这种气质完全从他身上吸去了。

哀　瞧!他来了。

苔　我在他没有跟凯西奥当面谈话以前,决不离开他一步。

【奥瑟罗上。

苔　您好吗,我的主?

奥　好,我的好夫人。(旁白)啊,装假脸真不容易!——你好,苔丝德梦娜?

苔　我好,我的好夫君。

奥　把你的手给我。这手很潮润呢,我的夫人。

苔　它还没有感到老年的侵袭,受过忧伤的损害。

奥　　这一只手表明它的主人是多育子女而心肠慷慨的；这么热，这么潮。奉劝夫人努力克制邪心，常常斋戒祷告，反身自责，礼拜神明，因为这儿有一个年少风流的魔鬼，惯会在人们血液里捣乱。这是一只好手，一只很慷慨的手。

苔　　您真的可以这样说，因为就是这一只手把我的心献给您的。

奥　　一只慷慨的手。从前的姑娘把手给人，同时把心也一起给了他；现在时世变了，得到一位姑娘的手的，不一定能够得到她的心。

苔　　这种话我不会说。来，您答应我的事怎么样啦？

奥　　我答应你什么，乖乖？

苔　　我已经叫人去请凯西奥来跟您谈谈了。

奥　　我的眼睛有些胀痛，老是淌着眼泪。把你的手帕借给我一用。

苔　　这儿，我的主。

奥　　我给你的那一方呢？

苔　　我没有带在身边。

奥　　没有带？

苔　　真的没有带，我的主。

奥　　那你可错了。那方手帕是一个埃及女人送给我的母亲的；她是一个能够洞察人心的女巫，她对我的母亲说，当她保存着这方手帕的时候，它可以使她得到我的父亲的欢心，享受专房的爱宠，可是她要是失去了它，或是把它送给旁人，我的父亲就要对她发生憎厌，他的心就要另觅新欢了。她在临死的时候把它传给我，叫我有了妻子以后，就把它交给新妇。我遵照她的吩咐给了你，所以你必须格外小心，珍惜它像珍惜你自己宝贵的眼睛一样；万一失去了，或是送给别人，那就难免遭到一场无比的灾祸。

苔　　真会有这种事吗？

奥　　真的，这一方小小的手帕，却有神奇的魔力织在里面：它是一个二百岁的神巫在一阵心血来潮的时候缝就的；它那一缕缕的丝线，也不是世间的凡蚕所吐；织成以后，它曾经在用处女的心炼成的丹液里浸过。

苔　　当真！这是真的吗？

奥　　绝对的真实；所以留心藏好它吧。

苔　　上帝啊,但愿我从来没有见过它!

奥　　吓!为什么?

苔　　您为什么说得这样暴躁?

奥　　它已经失去了吗?不见了吗?说,它是不是已经丢了?

苔　　上天祝福我们!

奥　　你说。

苔　　它没有失去;可是要是失去了,那可怎么样呢?

奥　　怎么!

苔　　我说它没有失去。

奥　　去把它拿来给我看。

苔　　我可以去把它拿来,可是现在我不高兴。这是一个诡计,要想把我的要求赖了过去。请您把凯西奥重新录用了吧。

奥　　给我把那手帕拿来。我在疑心起来了。

苔　　得啦,得啦,您再也找不到一个比他更能干的人。

奥　　手帕!

苔　　请您还是跟我谈谈凯西奥的事情吧。

奥　　手帕!

苔　他一向受您的眷爱，跟着您同甘共苦，历尽艰辛，——

奥　手帕！

苔　凭良心说，您也太不该。

奥　去！（下）

哀　这个人在嫉妒吗？

苔　我从来没有见过他像这样子。这手帕一定有些不可思议的魔力；我真倒霉把它丢了。

哀　好的男人一两年里头也难得碰见一个。男人是一张胃，我们是一块肉；他们贪馋地把我们吞下去吃饱了就把我们呕出来。您瞧！凯西奥跟我的丈夫来啦。

【埃古及凯西奥上。

埃　没有别的法子，只好央求她出力。瞧！好运气！去求求她吧。

苔　啊，好凯西奥！您有什么见教？

凯　夫人，我还是要向您重提我的原来的请求，希望您发挥鼎力，让我重做一个人，能够在我所尊敬的主帅麾下再邀恩眷。我不能这样延宕下去了。假如我果然罪大恶极，无论过去的微劳，现在的悔恨，或是将来立功自赎的决心，都不能博取他的矜怜宽谅，那么我也希望得到一个明白的答复，我就死心塌地，向别处去乞讨命运的布施了。

苔　唉，善良的凯西奥！我的话已经变成刺耳的烦渎了；我的丈夫已经不是我的丈夫，要是他的面貌也像他的脾气一样改变，我简直要不认识他了。愿神灵保佑我！我已经尽力替您说话；为了我的言辞的戆拙，我已经遭到他的憎怒。您必须暂时忍守；只要是我力量所及的事，我都愿意为您一试；请您相信我，倘然那是我自己的事情，我也不会这样热心的。

埃　主帅发怒了吗？

哀　他刚才从这儿走开去，他的神气暴躁异常。

埃　他会发怒吗？我曾经看见大炮冲散他的队伍，像魔鬼一样把他的兄弟从他身边轰掉，他仍旧不动声色。他也会发怒吗？那么一定出了什么重大的事情啦。我要去看看他。他要是发怒，一定有些缘故。

苔　请你就去吧。（埃下）一定是什么国家大事，或是他在这儿赛普勒斯发现了威尼斯方面有什么秘密的阴谋,扰乱了他的清明的神志;人们在这种情形之下,往往会为了一些些小事而生气,虽然实际激怒他们的却是其他更大的原因。正是这样,我们一个指头疼痛的时候,全身都会觉得难受。我们不能把男人当作完善的天神,也不能希望他们永远像新婚之夜那样殷勤体贴。哀米莉霞,我真该死,会在心里抱怨他的无情;现在我才觉悟我是错怪他了。

哀 谢天谢地,但愿果然像您所想的,是为了些国家的事情,不是因为对您起了疑心。

苔 唉!我从来没有给过他一些可以使他怀疑的理由。

哀 可是多疑的人是不会因此而满足的;他们往往不是因为有了什么理由而嫉妒,只是为了嫉妒而嫉妒,那是一个凭空而来,自生自长的怪物。

苔 愿上天保佑奥瑟罗,不要让这怪物钻进他的心!

哀 阿们,夫人。

苔 我去找他去。凯西奥,您在这儿走走;要是我看见他可以说话,我会向他提起您的请求,尽力给您转圜就是了。

凯　　多谢夫人。（苔、哀下）

【琵央加上。

琵　　你好，凯西奥朋友！

凯　　你怎么不在家里？你好，我的最娇美的琵央加？不骗你，亲爱的，我正要到你家里来呢。

琵　　我也是要到你的尊寓里去的，凯西奥。什么！一个星期不来看我？七天七夜？一百六十八个小时？在相思里挨过的时辰，比时钟上是要慢上八十倍的；啊，这一笔算不清的糊涂账！

凯　　对不起，琵央加，这几天来我实在心事太重，改日加倍补答你就是了。亲爱的琵央加，（以苔帕授琵）替我把这手帕上的花样描下来。

琵　　啊，凯西奥！这是什么地方来的？这一定是那个新相好送给你的礼物；我现在明白你不来看我的缘故了。有这等事吗？好，好。

凯　　得啦，女人！把你这种瞎疑心丢还给魔鬼吧。你在吃醋了，你以为这是什么情人送给我的纪念品；不，凭着我的良心发誓，琵央加。

琵　那么这是谁的？

凯　我不知道，爱人；我在寝室里找到它。那花样我很喜欢，我想趁失主没有来问我讨还以前，把它描了下来。请你拿去给我描一描。现在请你暂时离开我。

琵　离开你！为什么？

凯　我在这儿等候主帅到来；让他看见我有女人陪着，恐怕不大方便。

琵　为什么？我倒要请问。

凯　不是因为我不爱你。

琵　只是因为你并不爱我。请你陪我略走一段路，告诉我今天晚上你来不来看我。

凯　我只能陪你略走几步，因为我在这儿等着人；可是我就会来看你的。

琵　那很好；我也不能勉强你。（各下）

第四幕

> 轻信的愚人是这样落进了圈套,许多贞洁贤淑的娘儿们,都是这样蒙上了不白之冤。

第一场　赛普勒斯；城堡前

【奥瑟罗及埃古上。

埃　　您愿意这样想吗？

奥　　这样想，埃古！

埃　　什么！背着人接吻？

奥　　这样的接吻是为礼法所不许的。

埃　　脱光了衣服，和她的朋友睡在一床，经过一个多小时，却一点不起邪念？

奥　　埃古，脱光衣服睡在床上，还会不起邪念！这明明是对魔鬼的假意矜持；无论怎样坚贞自诩的人，到了这种时候，也免不了受魔鬼的诱惑的。

埃　　要是他们不及于乱，那还不过是一个小小的过失；可是假如我把一方手帕给了我的妻子，——

奥　　给了她便怎样？

埃　　啊，主帅，那时候它就是她的东西了；既然是她的东西，我想她可以把它送给无论什么人的。

奥　　她的贞操也是她自己的东西，她也可以把它送给无论什么人吗?

埃　她的贞操是一种不可捉摸的品质;世上有几个真正贞洁的贞洁妇人?可是讲到那方手帕,——

奥　天哪,我但愿忘记那句话儿!你说,——啊!它笼罩着我的记忆,就像预兆不祥的乌鸦在一座染疫的屋顶上回旋一样,——你说我的手帕在他的手里。

埃　是的,在他手里便怎么样?

奥　那可不大好。

埃　什么!要是我说我看见他干那对您不住的事?或是听见他说,——世上尽多那种家伙,他们靠着死命的追求征服了一个女人,或者得到什么情妇的自动的垂青,就禁不住到处向人吹,——

奥　他说过什么话吗?

埃　说过的,主帅;可是您放心吧,他说过的话,他都可以发誓否认的。

奥　他说过些什么?

埃　他说,他曾经——我不知道他曾经干些什么事。

奥　什么?什么?

埃　跟她睡——

奥　　在一床?

埃　　睡在一床,睡在她的身上;随您怎么说吧。

奥　　跟她睡在一床!睡在她的身上!岂有此理!手帕,——口供,——手帕!叫他招供了,再把他吊死。先把他吊起来,然后叫他招供。我一想起就气得发抖。人们总是有了某种感应,阴暗的情绪才会笼罩他的心灵;一两句空洞的说话是不能给我这样大的震动的。呸!磨鼻子,咬耳朵,吮嘴唇。会有这样的事吗?口供!——手帕!——啊,魔鬼!(晕倒)

埃　　显出你的效力来吧,我的妙药,显出你的效力来吧!轻信的愚人是这样落进了圈套;许多贞洁贤淑的娘儿们,都是这样蒙上了不白之冤。喂,主帅!主帅!奥瑟罗!

【凯西奥上。

埃　　啊,凯西奥!

凯　　怎么一回事?

埃　　咱们大帅发起癫痫来了。这是他第二次发作;昨天

	|他也发过一次。
凯	在他太阳穴上摩擦摩擦。
埃	不,不行;他这种昏迷状态,必须保持安静;要不然的话,他就要嘴里冒出白沫,慢慢儿会发起疯狂来的。瞧!他在动了。你暂时走开一下,他就会恢复原状的。等他走了以后,我还有要紧的话儿跟你说。(凯下)怎么啦,主帅?您没有跌痛您的头吗?
奥	你在讥笑我吗?
埃	我讥笑您!不,没有这样的事!我愿您像一个大丈夫似的忍受命运的播弄。
奥	顶上了绿头巾,还好算是一个人吗?
埃	在一座热闹的城市里,这种不好算人的人多着呢。
奥	他自己公然承认了吗?
埃	主帅,您看破一点吧;您只要想一想,那一个有家室的须眉男子,没有遭到跟您同样命运的可能;世上不知有多少男人,他们的卧榻上容留过无数的生张熟魏,他们自己还满以为这是一块私人的禁地哩;您的情形还不算顶坏。啊!这是最刻毒的恶作剧,魔鬼的最大的玩笑,让一个男人安安心心地搂着一

个荡妇亲嘴，还以为她是一个三贞九烈的女人！不，我知道我自己是个什么人，所以我也知道她会变成什么样子。

奥　啊！你是个聪明人；你说得一点不错。

埃　现在请您暂时站在一旁，竭力耐住您的怒气。刚才您恼得昏过去的时候，凯西奥曾经到这儿来过；我告诉他您不省人事，把他打发走了，叫他过一会儿再来跟我谈谈；他已经答应我了。您只要找一处所在躲一躲，就可以看见他满脸得意忘形，冷嘲热讽的神气；因为我要叫他从头叙述他历次跟尊夫人相会的情形，还要问他重温好梦的时间和地点。您留心看看他那副表情吧。可是不要气恼；否则我就要说您一味意气用事，一点没有大丈夫的气概啦。

奥　告诉你吧，埃古，我会很巧妙地不动声色；可是，你听着，我也会包藏一颗最凶恶的杀心。

埃　那很好；可是什么事都要看准时机。您走远一步吧。

　　（奥退后）现在我要向凯西奥谈起琵央加，一个靠着出卖风情维持生活的雌儿；她热恋着凯西奥：这也是娼妓们的报应，往往她们迷惑了多少的男子，结果却被一个男人迷昏了心。他一听见她的名字，就会忍不住捧腹大笑。他来了。

【凯西奥重上。

埃　他一笑起来，奥瑟罗就会发疯；可怜的凯西奥的嬉笑的神情和轻狂的举止，在他那充满着无知的嫉妒的心头，一定可以引起严重的误会。——您好，副将？

凯　我因为丢掉了这个头衔，正在懊恼得要死，你却还要这样称呼我。

埃　在苔丝德梦娜跟前多说几句央求的话，包你原官起用。（低声）要是这件事情换在琵央加手里，早就不成问题了。

凯　唉，可怜虫！

奥　（旁白）瞧！他已经在笑起来啦！

埃　我从来不知道一个女人会这样爱一个男人。

凯　唉，小东西！我看她倒是真的爱我。

奥　（旁白）现在他在含糊否认，想把这事情用一笑搪塞过去。

埃　你听见吗,凯西奥?

奥　(旁白)现在他在要求他宣布经过情形啦。说下去;很好,很好。

埃　她向人家说你将要跟她结婚;你有这个意思吗?

凯　哈哈哈!

奥　(旁白)你这样得意吗,好家伙,你这样得意吗?

凯　我跟她结婚!什么?一个卖淫妇?对不起,你不要这样看轻我,我还不至于糊涂到这等地步哩。哈哈哈!

奥　(旁白)好,好,好,好。得胜的人才会笑逐颜开。

埃　不骗你,人家都在说你将要跟她结婚。

凯　对不起,别说笑话啦。

埃　我要是骗了你,我就是个大大的混蛋。

凯　一派胡说!她自己一厢情愿,相信我会跟她结婚;我可没有答应她。

奥　(旁白)埃古在向我打招呼;现在他开始讲他的故事啦。

凯　她刚才还在这儿;她到处缠着我。前天我正在海边上跟几个威尼斯人谈话,那傻东西就来啦;不瞒你说,她这样攀住我的颈项,——

奥　（旁白）叫一声"啊,亲爱的凯西奥!"我可以从他的表情之间猜得出来。

凯　她这样拉住我的衣服,靠在我的怀里,哭个不了,还这样把我拖来拖去,哈哈哈!

奥　（旁白）现在他在讲她怎样把他拖到我的寝室里去啦。啊!我看见你的鼻子,可是不知道应该把它丢给那一条狗吃。

凯　好,我只好离开她。

埃　啊!瞧,她来了。

凯　好一头抹香粉的臭猫!

【琵央加上。

凯　你这样到处钉着我不放,算是什么呀?

琵　让魔鬼跟他的老娘钉着你吧!你刚才给我的那方手帕算是什么意思?我是个大傻瓜,才会把它受了下来。叫我描下那花样!真好看的花样,你在你的寝室里找到它却不知道谁把它丢在那边!这一定是那一个贱丫头送给你的东西,却叫我描下它的花样来!拿去,还给你那个相好吧;随你从什么地方得到这方手帕,我可不高兴描下它的花样。

凯　怎么,我的亲爱的琵央加!怎么!怎么!

奥　(旁白)天哪,那该是我的手帕哩!

琵　今天晚上你要是愿意来吃饭,尽管来吧;要是不愿意来,等你下回有兴致的时候再来吧。(下)

埃　追上去,追上去。

凯　真的,我必须追上去,否则她会沿街骂人的。

埃　你预备到她家里去吃饭吗?

凯　是的,我想去。

埃　好,也许我会再碰见你;因为我很想跟你谈谈。

凯　请你一定来吧。

埃　得啦,别多说啦。(凯下)

奥　(趋前)埃古,我应该怎样杀死他?

埃　您看见他一听到人家提起他的丑事,就笑得多么高兴吗?

奥　啊,埃古!

埃　　您还看见那方手帕吗?

奥　　那就是我的吗?

埃　　我可以举手起誓,那是您的。瞧他多么看得起您那位痴心的太太!她把手帕送给他,他却拿去给了他的娼妇。

奥　　我要用九年的时间慢慢儿的磨死她。一个高雅的女人!一个美貌的女人!一个温柔的女人!

埃　　不,您必须忘掉那些。

奥　　嗯,让她今夜腐烂,死亡,堕入地狱吧,因为她不能再活在世上。不,我的心已经变成铁石了;我打它,反而打痛了我的手。啊!世上没有一个比她更可爱的东西;她可以睡在一个皇帝的身边,命令他干无论什么事。

埃　　您素来不是这个样子的。

奥　　让她死吧!我不过说她是怎么样的一个人。她的针线工作是这样精妙!一个出色的音乐家!啊,她唱起歌来,可以驯伏一头野熊的心!她的心思才智,又是这样敏慧多能!

埃　　唯其这样多才多艺,干出这种丑事来,才格外叫人气恼。

奥　啊！一千倍，一千倍的可恼！而且她的性格又是这样温柔！

埃　嗯，太温柔了。

奥　对啦，一点不错。可是，埃古，可惜！啊！埃古！太可惜啦！

埃　要是您对于一个失节之妇，还是这样恋恋不舍，那么索性采取放任主义吧；因为既然您自己也不以为意，当然更不干别人的事。

奥　我要把她剁成一堆肉酱。叫我当一个忘八！

埃　啊，她太不顾羞耻啦！

奥　跟我的部将通奸！

埃　那尤其可恶。

奥　给我弄些毒药来，埃古；今天晚上。我不想跟她多费唇舌，免得她的肉体和美貌再打动了我的心。今天晚上，埃古。

埃　不要用毒药，在她床上扼死她，就在那被她玷污了的床上。

奥　好，好；那是一个大快人心的处置，很好。

埃　至于凯西奥，让我去取他的命吧；您在午夜前后，一定可以听到消息。

奥　　好极了。（内喇叭声）那是什么喇叭的声音？

埃　　一定是从威尼斯来了什么人。——是罗陀维科奉公爵之命到这儿来了；瞧，您那位太太也跟他在一起。

【罗陀维科，苔丝德梦娜，及侍从等上。

罗　　上帝保佑您，尊贵的将军！

奥　　祝福您，大人。

罗　　公爵和威尼斯的元老们问候您安好。（以信交奥）

奥　　我敬吻他们的恩命。（拆信阅读）

苔　　罗陀维科大哥，威尼斯有什么消息？

埃　　我很高兴看见您，大人；欢迎您到赛普勒斯来！

罗　　谢谢。凯西奥副将好吗？

埃　　他还健在，大人。

苔　　大哥，他跟我的丈夫闹了点儿蹩扭；可是您可以使他们言归于好。

奥　　你有把握吗？

苔　　您怎么说，我的主？

奥　　（读信）"务必照办为要,不得有误。——"

罗　　他没有回答;他正在忙着读信。将军跟凯西奥果然有了意见吗?

苔　　有了很不幸的意见;为了我对凯西奥所抱的好感,我很愿意尽力调解他们。

奥　　该死!

苔　　您怎么说,我的主?

奥　　你聪明吗?

苔　　什么!他生气了吗?

罗　　也许这封信激动了他;因为照我猜想起来,他们是要召唤他回国,叫凯西奥代理他的职务。

苔　　真的吗?那好极了。

奥　　当真!

苔　　您怎么说,我的主?

奥　　你要是发了疯,我才高兴。

苔　　为什么,亲爱的奥瑟罗?

奥　　魔鬼!（击苔）

苔　　我没有错处,您不该这样对待我。

罗　　将军,我要是把这回事情告诉威尼斯人,即使发誓说我亲眼看见,他们也一定不会相信我。这太过分了；向她赔罪吧，她在哭了。

奥　啊，魔鬼！魔鬼！要是妇人的眼泪有孳生化育的力量，她的每一滴泪都会变成一条鳄鱼。走开，不要让我看见你！

苔　我不愿留在这儿害您生气。（欲去）

罗　真是一位顺从的夫人。将军，请您叫她回来吧。

奥　夫人！

苔　我的主？

奥　大人，您要跟她说些什么话？

罗　谁？我吗，将军？

奥　嗯，您要我叫她转来，现在她转过来了。她会转来转去，走一步路回一个身；她还会哭，大人，她还会哭；她是非常顺从的，正像您所说，非常顺从。尽管流你的眼泪吧。大人，这信上的意思，——好一股装腔作势的劲儿！——是要叫我回去。——你去吧，等会儿我再叫人来唤你。——大人，我服从他们的命令，不日就可以束装上道，回到威尼斯去。——去！滚开！（苔下）凯西奥可以接替我的位置。今天晚上，大人，我还要请您赏光便饭。欢迎您到赛普勒斯来！——山羊和猴子！（下）

罗　　这就是为我们整个元老院所同声赞叹，称为全才全德的那位英勇的摩尔人吗？这就是那喜怒之情不能把它震撼的高贵的天性吗？那命运的箭矢不能把它擦伤穿破的坚定的德操吗？

埃　　他已经大大变了样子啦。

罗　　他的头脑没有毛病吗？他的神经是不是有点错乱？

埃　　照他现在这种情形看起来，我实在不敢说他还会变成怎么一个样子；但愿不至于此！

罗　　什么！打他的妻子！

埃　　真的，那可不大好；可是我但愿知道他对她没有比这更暴虐的行为！

罗　　他一向都是这样的吗？还是因为信上的说话激怒了他，所以才会有这种以前所没有的过失？

埃　　唉！唉！按着我的地位，我实在不便把我所看见所知道的一切说出口来。您不妨留心注意他，他自己的行动就可以说明一切，用不到我多说了。请您跟上去，看他还有些什么花样做出来。

罗　　他竟是这样一个人，真使我大失所望啦。（同下）

第二场　城堡中的一室

【奥瑟罗及哀米莉霞上。

奥　　那么你没有看见什么吗?

哀　　没有看见,没有听见,也没有疑心到。

奥　　你不是看见凯西奥跟她在一起吗?

哀　　可是我不知道那有什么不对,而且我听见他们两人所说的每一个字。

奥　　什么!他们从来不会低声耳语吗?

哀　　从来没有,将军。

奥　　也不会打发你走开吗?

哀　　没有。

奥　　没有叫你去替她拿扇子,手套,脸罩,或是什么东西吗?

哀　　没有,将军。

奥　　那可奇了。

哀　　将军,我敢用我的灵魂打赌她是贞洁的。要是您疑心她有非礼的行为，赶快除掉这种思想吧，因为那是您心理上的一个污点。要是那一个混蛋把这种思想放进您的脑袋里，让上天罚他变成一条蛇，受永远的咒诅！假如她不是贞洁，贤淑，而忠诚的，那么世上没有一个幸福的男人了；最纯洁的妻子，也会变成最丑恶的淫妇。

奥　　叫她到这儿来；去。（哀下）她的话说得很动听；可是这种做惯王婆的人，谁都是天生的利嘴。这是一个狡猾的淫妇，一肚子千刁万恶，当着人却会跪下来向天祈祷；我看见过她这一种手段。

【哀米莉霞率苔丝德梦娜重上。

苔　　我的主，您有什么吩咐？
奥　　过来，乖乖。
苔　　您要我怎么样？
奥　　让我看看你的眼睛；瞧着我的脸。
苔　　这是什么古怪的念头？
奥　　（向哀）你去干你的事吧，奶奶；把门关了，让我

们两人在这儿谈谈心。要是有人来了,你就在门口咳嗽一声。干你的贵营生去吧;快,快!(哀下)

苔　我跪在您的面前,请您告诉我您这些话是什么意思?我知道您在生气,可是我不懂您的话。

奥　嘿,你是什么人?

苔　我的主,我是您的妻子,您的忠心不二的妻子。

奥　来,发一个誓,让你自己死后落下地狱吧;因为你的外表太像一个天使了,倘不是在不贞之上,再加一重伪誓的罪名,也许魔鬼们会不敢抓你下去的;所以发誓说你是贞洁的吧。

苔　天知道我是贞洁的。

奥　天知道你是像地狱一样淫邪的。

苔　我的主,我对谁干了欺心的事?我跟那一个人有不端的行动?我怎么是淫邪的?

奥　啊,苔丝德梦娜!去!去!去!

苔　唉,不幸的日子!——您为什么哭?您的眼泪是为我而流的吗,我的主?要是您疑心这次奉召回国,是我父亲的主意,请您不要怪我;您固然失去他的好感,我也已经失去他的慈爱了。

奥 要是上天的意思，要让我历受种种的磨折；要是他用诸般的痛苦和耻辱降在我的毫无防卫的头上，把我浸没在贫困的泥沼里，剥夺我的一切自由和希望，我也可以在我的灵魂的一隅之中，找到一滴忍耐的甘露。可是唉！在这尖酸刻薄的世上做一个被人戟指笑骂的目标！那还可以容忍；可是我的心灵失去了归宿，我的生命失去了寄托，我的活力的源泉，变成了虾蟆们繁育生息的污池！忍耐，你朱唇韶颜的天婴啊，转变你的脸色，让它化成地狱般的狰狞吧！

苔 我希望我在我的尊贵的夫主眼中，是一个贤良贞洁的妻子。

奥 啊，是的，就像夏天肉铺里的苍蝇一样贞洁，飞来飞去撒它的卵子。你这野草闲花啊！你的颜色是这样娇美，你的香气是这样芬芳，人家看见你嗅到你就会心疼；但愿世上从来不会有过你！

苔 唉！我究竟犯了些什么我自己也不知道的罪恶呢？

奥 这一张皎洁的白纸，这一本美丽的书册，是要让人家写上"娼妓"两个字去的吗？犯了什么罪恶！啊，你这人尽可夫的娼妇！我只要一说起你所干的事，我的两颊就会变成两座熔炉，把廉耻烧为灰烬。犯了什么罪恶！天神见了它要掩鼻而过；月亮看见了要羞得闭上眼睛；碰见什么都要亲吻的淫荡的风，也静悄悄躲在岩窟里面，不愿听见人家提起它的名字。犯了什么罪恶！不要脸的娼妇！

苔　天啊，您不该这样侮辱我！

奥　你不是一个娼妇吗？

苔　不，我发誓我不是，否则我就不是一个基督徒。要是为我的主保持这一个清白的身子，不让淫邪的手把它污毁，要是这样的行为可以使我免去娼妇的恶名，那么我不是娼妇。

奥　什么！你不是一个娼妇吗？

苔　不，否则我死后没有得救的希望。

奥　真的吗？

苔　啊！上天饶恕我们！

奥　那么我真是多多冒昧了；我还以为你就是那个嫁给奥瑟罗的威尼斯的狡猾的娼妇哩。——喂，你这位刚刚和圣彼得干着相反的差使的，看守地狱门的奶奶！

【哀米莉霞重上。

奥　你,你,对了,你!我们的谈话已经完毕。这几个钱是给你作为酬劳的;请你开了门上的锁,不要泄漏我们的秘密。(下)

哀　唉!这位爷爷究竟在转些什么念头呀?您怎么啦,夫人?您怎么啦,我的好夫人?

苔　我是在半醒半睡之中。

哀　好夫人,我的主到底有些什么心事?

苔　谁?

哀　我的主呀,夫人。

苔　谁是你的主?

哀　我的主就是你的丈夫,好夫人。

苔　我没有丈夫。不要对我说话,哀米莉霞;我不能哭,我没有话可以回答你,除了我的眼泪。请你今夜把我结婚的被褥铺在我的床上,记好了再去替我叫你的丈夫来。

哀　真是变了变了!(下)

苔　我应该受到这样的待遇,全然是应该的。我究竟有些什么不检的行止,才会引起他的猜疑呢?

【哀米莉霞率埃古重上。

埃　夫人,您有什么吩咐?您怎么啦?

苔　我不知道。小孩子做了错事,做父母的总是用温和的态度,轻微的责罚教训他们;他也应该这样责备我,因为我是一个娇养惯了的孩子,不惯受人家责备的。

埃　怎么一回事,夫人?

哀　唉!埃古,将军口口声声骂她娼妇,用那样难堪的名字加在她的身上,稍有人心的人,谁听见了都不能忍受的。

苔　我应该得到那样一个称呼吗,埃古?

埃　什么称呼,好夫人?

苔　就像她说我的主称呼我的那种名字。

哀　他叫她娼妇;一个喝醉了酒的叫化子,也不会把这种名字加在他的姘妇的身上。

埃　为什么他要这样?

苔　我不知道;我相信我不是那样的女人。

埃　不要哭,不要哭。唉!

哀　多少名门贵族向她求婚,她都拒绝了;她抛下了老父，离乡背井，远别亲友，结果却只讨他骂一声娼妇吗？这还不叫人伤心吗？

苔　都是我自己命薄。

埃　他太岂有此理了！他怎么会起这种心思的？

苔　天才知道。

哀　我可以打赌，一定有一个万劫不复的恶人，一个爱管闲事鬼讨好的家伙，一个说假话骗人的奴才，因为要想钻求差使，造出这样的谣言来；要是我的话说得不对，我愿意让人家把我吊死。

埃　呸！那里有这样的人？一定不会的。

苔　要是果然有这样的人，愿上天宽恕他！

哀　宽恕他！一条绳子箍住他的颈项，地狱里的恶鬼咬碎他的骨头！他为什么叫她娼妇？谁跟她在一起？什么所在？什么时候？什么方式？什么根据？这摩尔人一定是上了不知那一个千刁万恶的坏人的当，一个下流的大混蛋，一个卑鄙的家伙；天啊！愿你揭破这种家伙的嘴脸，让每一个老实人的手里都拿一根鞭子，把这些混蛋们脱光了衣服一顿抽，从东方一直抽到西方！

埃　　别嚷得给外边都听见了。

哀　　哼，可恶的东西！前回弄昏了你的头，使你疑心我跟这摩尔人有暧昧的，也就是这种家伙。

埃　　好了，好了；你是个傻瓜。

苔　　好埃古啊，我应当怎样重新取得我的丈夫的欢心呢？好朋友，替我向他解释解释；因为凭着天上的太阳起誓，我实在不知道我怎么会失去他的宠爱。我对天下跪，要是在思想上行动上，我曾经有意背弃他的爱情；要是我的眼睛，我的耳朵，或是我的任何感觉，曾经对别人发生爱悦；要是我在过去，现在，和将来，不是那样始终深深地爱着他，即使他把我弃如敝屣，也不因此而改变我对他的忠诚：要是我果然有那样的过失，愿我终身不能享受快乐的日子！无情可以给人重大的打击；他的无情也许会摧残我的生命，可是永不能毁坏我的爱情。我不愿提起"娼妇"两个字，一说到它就会使我心生憎恶，更不用说亲自去干那博得这种丑名的行为了；整个世界的荣华也不能诱动我。

埃　　请您宽心，这不过是他一时的心绪恶劣，在国事方面受了点刺激，所以跟您呕起气来啦。

苔　要是没有别的原因，——

埃　只是为了这个原因，我可以保证。（喇叭声）听！喇叭在吹晚餐的信号了；威尼斯的使者在等候进餐。进去，不要哭；一切都会圆满解决的。（苔、哀下）

【洛特力戈上。

埃　啊，洛特力戈！

洛　我看你全然在欺骗我。

埃　我怎么欺骗你？

洛　埃古，你每天在我面前捣鬼，把我支吾过去；照我现在看起来，你非但不给我开一线方便之门，反而使我的希望一天一天微薄下去。我实在再也忍不住了。为了自己的愚蠢，我已经吃了不少的苦，这一笔账我也不能就此善罢罢休。

埃　你愿意听我说吗，洛特力戈？

洛　哼，我已经听得太多了；你的说话和行动是不相符合的。

埃　　你冤人太过啦。

洛　　我一点没有冤你。我的钱都花光啦。你从我手里拿去送给苔丝德梦娜的珠宝，即使一个圣徒也会被它诱惑的；你对我说她已经收下了，告诉我不久就可以得到喜讯，可是到现在还不见一点动静。

埃　　好，算了；很好。

洛　　很好！算了！我不能就此算了，朋友；这事情也不很好。我举手起誓，这种手段太卑鄙；我开始觉得我自己受了骗了。

埃　　很好。

洛　　我告诉你这事情不很好。我要亲自去见苔丝德梦娜，要是她肯把我的珠宝还我，我愿意死了这片心，忏悔我这种非礼的追求；要不然的话，你留心点儿吧，我一定要跟你算账。

埃　　你现在话说完了吧？

洛　　嗯，我的话都是说过就做的。

埃　　好，现在我才知道你是一个有骨气的人；从这一刻起，你已经使我比从前加倍看重你了。把你的手给我，洛特力戈。你责备我的话，都是非常有理；可是我还要声明一句，我替你干这件事情，的的确确是尽忠竭力，不敢存一分昧良的心的。

洛　　那还没有事实的证明。

埃　　我承认还没有事实的证明，你的疑心不是没有理由的。可是，洛特力戈，要是你果然有决心，有勇气，有胆量，——我现在相信你一定有的，——今晚你就可以表现出来；要是明天夜里你不能享用苔丝德梦娜，你可以用无论什么恶毒的手段，暴虐的刑具，取去我的生命。

洛　　好，你要我怎么干？是说得通做得到的事吗？

埃　　老兄，威尼斯已经派了专使来，叫凯西奥代替奥瑟罗的职位。

洛　　真的吗？那么奥瑟罗和苔丝德梦娜都要回到威尼斯去了。

埃　　啊，不，他要到茅力坦尼亚去，把那美丽的苔丝德梦娜一起带走，除非这儿出了什么事，使他耽搁下来。最好的办法，是把凯西奥除掉。

洛　　你说把他除掉是什么意思？

埃　　砸碎他的脑袋，让他不能担任奥瑟罗的职位。

洛 那就是你要我去干的事吗?

埃 嗯,要是你敢做一件对你自己有利益的事。他今晚在一个妓女家里吃饭,我也要到那边去见他。现在他还没有知道他自己的幸运。我可以设法让他在十二点钟到一点钟之间从那边出来,你只要留心在门口守候,就可以照你的意思把他处置;我就在附近接应你,他在我们两人之间一定逃不了。来,不要发呆,跟我去;我可以告诉你为什么他的死是必要的,你听了就会知道这是你的一件无可推辞的行动。现在正是晚餐的时候,夜过去得很快,准备起来吧。

洛 我还要听一听你要叫我这样做的理由。

埃 我一定可以向你解释明白。(同下)

第三场　城堡中的另一室

【奥瑟罗,罗陀维科,苔丝德梦娜,哀米莉霞,及侍从等上。

罗　　将军请留步吧。

奥　　啊,没有关系;散步散步对于我也是很好的。

罗　　夫人,晚安;谢谢您的盛情。

苔　　大驾光临,我们是十分欢迎的。

奥　　请吧,大人。啊!苔丝德梦娜,——

苔　　我的主?

奥　　你快进去睡吧;我马上就回来的。把你的侍女们打发开了,不要忘记。

苔　　是,我的主。(奥,罗,及侍从等下)

哀　　怎么?他现在的脸色温和得多啦。

苔　　他说他就会回来的;他叫我去睡,还叫我把你遣开。

哀　　把我遣开!

苔　　这是他的吩咐;所以,好哀米莉霞,把我的睡衣给我,你去吧，我们现在不能再惹他生气了。

哀　我希望您当初并不和他相识！

苔　我却不希望这样；我是那么欢喜他，即使他的固执，他的呵斥，他的怒容，——请你替我取下衣上的扣针，——在我看来也是可爱的。

哀　我已经照您的吩咐，把那些被褥铺好了。

苔　很好。天哪！我们的思想是多么傻！要是我比你先死，请你就把那些被褥做我的殓衾。

哀　得啦得啦，您在说呆话。

苔　我的母亲有一个侍女名叫葩葩拉，她跟人家有了恋爱；她的爱人发了疯，把她丢了。她有一支《杨柳歌》，那是一支古老的曲调，可是正好说中了她的命运；她到死的时候，嘴里还在唱着它。那支歌今天晚上老是萦回在我的脑畔；我的烦乱的心绪，使我禁不住侧下我的头，学着可怜的葩葩拉的样子把它歌唱。请你赶快点儿。

哀　我要不要就去把您的睡衣拿来？

苔　不，先替我取下这儿的扣针。这个罗陀维科是一个俊美的男子。

哀　　一个很漂亮的人。

苔　　他的谈吐很好。

哀　　我知道威尼斯有一个女郎,愿意赤了脚步行到巴力斯丁,为了希望碰一碰他的下唇。

苔　　(唱)

可怜的她坐在枫树下啜泣,

歌唱那青青杨柳;

她手抚着胸膛,她低头靠膝,

唱杨柳,杨柳,杨柳。

清澈的流水吐出她的呻吟,

唱杨柳,杨柳,杨柳;

她的热泪溶化了顽石的心,——

把这些放在一旁。——(唱)

唱杨柳,杨柳,杨柳。

快一点,他就要来了。——(唱)

青青的柳枝织成一顶翠环;

不要怪他,我甘心受他笑骂,——

不,下面一句不是这样的。听!谁在打门?

哀　　是风哩。

苔　　你去吧；晚安。我的眼睛在跳，那是哭泣的预兆吗？

哀　　没有这样的事。

苔　　我听见人家这样说。啊，这些男人，这些男人！凭你的良心说，哀米莉霞，你想世上有没有背着丈夫干这种坏事的女人？

哀　　怎么没有？

苔　　你愿意为了整个世界的财富而干这种事吗？

哀　　难道您不愿吗？

苔　　不，凭着天上的月光起誓！你愿意为了整个的世界而干这种事吗？

哀　　世界是这一件很大的东西；干一件小小的坏事，这代价是太贵了。

苔　　真的，我想你不会。

哀　　真的，我想我应该干的。为了一枚对合的戒指，几亩草地，或是几件衣服，几件裙子，一两顶帽子，以及诸如此类的小玩意儿而叫我干这种事，我当然不愿；可是为了整个的世界，谁不愿意出卖自己的贞操，让她的丈夫做一个皇帝呢？我就是因此而下炼狱，也是甘心的。

苔　　我要是为了整个的世界，会干出这种丧心的事来，一定不得好死。

哀　　世间的是非本来没有定准；您因为干了一件错事而得到整个的世界，在您自己的世界里，您还不能把是非颠倒过来吗？

苔　　我想世上不会有那样女人的。

哀　　愿意作这种赌博的女人多着呢。照我想来，妻子的堕落总是丈夫的过失：要是他们疏忽了自己的责任，把我们所珍爱的东西浪掷在外人的怀里，或是无缘无故吃起醋来，约束我们行动的自由，或是殴打我们，削减我们的花粉钱，我们也是有脾气的，虽然生就温柔的天性，到了一个时候也是会复仇的。让做丈夫的人们知道，他们的妻子也和他们有同样的感觉：她们的眼睛也能辨别美恶，她们的鼻子也能辨别香臭，她们的舌头也能辨别甜酸，正像她们的丈夫们一样。他们厌弃了我们，别寻新欢，是为了什么缘故呢？是逢场作戏吗？我想是的。是因为爱情的驱使吗？我想也是的。还是因为喜新厌旧的人类常情吗？那也是一个理由。那么难道我们就不会对别人发生爱情，难道我们就没有逢场作戏的欲望，难道我们就不是喜新厌旧，跟男人们一样？所以让他们好好儿对待我们吧；否则我们要让他们知道，我们所干的坏事都是出于他们的指教。

苔　晚安，晚安！愿上天监视我们的言行；我不愿以恶为师，我只愿鉴非自警！（各下）

第五幕

> 我摘下了蔷薇,就不能再给它已失的生机,当它还在枝头的时候,我要嗅一嗅它的芳香。

第一场　赛普勒斯；街道

【埃古及洛特力戈上。

埃　　来，站在这堵披屋后面；他就会来的。把你的宝剑拔出鞘，看准要害刺过去。快，快；不要怕；我就在你旁边。成功失败，在此一举，你得摆定决心。

洛　　不要走开，也许我会失手。

埃　　我就在这儿，你的近旁。胆子放大些，站定了。（退后）

洛　　我对于这件事情不是顶热心；可是他讲的理由十分充足。左右不过去掉了一个人。出来，我的剑；他必须死！

埃　　我已经激动这小脓包的心，他居然动起怒来了。不管是他杀死凯西奥，还是凯西奥杀死他，或者两败俱伤，对于我都是有好处的。要是洛特力戈活在世上，他总有一天要问我讨还那许多我从他手里干没下来，名说送给苔丝德梦娜的金银珠宝；这可断断不能。要是凯西奥活在世上，我每天都要在他的旁边相形见拙；而且那摩尔人万一向他当面质问起来，我的阴谋就会暴露,那时候我的地位就非常危险了。不,他非死不可。就是这样吧。我听见他来了。

【凯西奥上。

洛　我认识他的走路的姿势;正是他。——恶人你给我死吧!(挺剑刺凯)

凯　幸亏我穿着一身好甲,否则那一剑一定会致我的死命。让我也来试一试你的甲牢不牢吧。(拔剑刺伤洛)

洛　啊,我死了!(埃自后刺伤凯腿,下)

凯　我从此终身残废了!救命啊!杀了人啦!杀了人啦!(倒地)

【奥瑟罗自远处上。

奥　凯西奥的声音。埃古果然没有失信。

洛　啊,我真是个恶人!

奥　一点不错。

凯　　啊，救命哪！拿火来！找一个医生！

奥　　正是他。勇敢正直的埃古呀，你这样奋不顾身，为你的朋友复仇雪耻，真是难得！你给我一个教训了。贱人，你心爱的人已经死在这儿，你的末日就在眼前；娼妇，我来了！从我的心头抹去你的媚眼的魔力；让淫邪的血溅洒你那被淫邪玷污了的枕席。（下）

【罗陀维科及葛莱西安诺自远处上。

凯　　喂！怎么没有巡夜的逻卒？没有过路的行人？杀了人啦！杀了人啦！

葛　　出了什么乱子啦？这叫声很是凄惨。

凯　　救命啊！

罗　　听！

洛　　啊，该死的恶人！

罗　　两三个人在那儿呻吟。这是一个很阴沉的黑夜；也许他们是故意假装出来的，我们人手孤单，冒冒失失过去，恐怕不大安全。

洛　　没有人来吗？那么我要流血而死了！

罗　　听！

【埃古持火炬重上。

葛　有一个人穿着衬衫,一手拿火,一手举着武器来了。

埃　那边是谁?什么人在那儿喊杀人?

罗　我们不知道。

埃　你们听见一个呼声吗?

凯　这儿,这儿!看在上天面上,救救我!

埃　怎么一回事?

葛　这个人好像是奥瑟罗麾下的旗官。

罗　正是;一个很勇敢的汉子。

埃　你是什么人,在这儿叫喊得这样凄惨?

凯　埃古吗?啊,我被恶人算计,害得我不能做人啦!救救我!

埃　嗳哟,副将!这是什么恶人干的事?

凯　我想有一个暴徒还在这儿;他逃不了。

埃　啊,可恶的奸贼!(向罗、葛)你们是什么人?过来帮帮忙。

洛　啊,救救我!我在这儿。

凯　他就是恶党中的一人。

埃　好一个杀人的凶徒!啊,恶人!(刺洛)

洛 啊,万恶的埃古!没有人心的狗!

埃 在暗地里杀人!这些凶恶的贼党都在那儿?这地方多么寂静!喂!杀了人啦!杀了人啦!你们是什么人?是好人还是坏人?

罗 请你自己判断我们吧。

埃 罗陀维科大人吗?

罗 正是,老总。

埃 恕我失礼了。这儿是凯西奥,被恶人们刺伤,倒在地上。

葛 凯西奥!

埃 怎么样,兄弟?

凯 我的腿断了。

埃 嗳哟,罪过罪过!两位先生,请替我照火;我要用我的衫子把它包扎起来。

【琵央加上。

琵 喂,什么事?谁在这儿叫喊?

埃 谁在这儿叫喊!

琴　　嗳哟,我的亲爱的凯西奥!我的温柔的凯西奥!啊,凯西奥!凯西奥!凯西奥!

埃　　哼,你这声名狼藉的娼妇!凯西奥,照你猜想起来,向你下这样毒手的大概是些什么人?

凯　　我不知道。

葛　　我正要来找你,谁料你会遭逢这样的祸事,真是恼人!

埃　　借给我一条吊袜带。好。啊,要是有一张椅子,让他舒舒服服躺在上面,把他抬去才好!

琴　　嗳哟,他晕过去了!啊;凯西奥!凯西奥!凯西奥!

埃　　两位先生,我很疑心这个贱人也是那些凶徒们的同党。——忍耐点儿,好凯西奥。——来,来,借我一个火。我们认不认识这一张脸孔?嗳哟!是我的同国好友洛特力戈吗?不。唉,果然是他!天哪!洛特力戈!

葛　　什么!威尼斯的洛特力戈吗?

埃　　正是他,先生。你认识他吗?

葛　　认识他!我怎么不认识他?

埃　　葛莱西安诺先生吗?请您原谅,这些流血的惨剧,使我礼貌不周,失敬得很。

葛　　那儿的话;我很高兴看见您。

埃　　你怎么啦,凯西奥?啊,来一张椅子!来一张椅子!

葛　　洛特力戈!

埃　　他,他,正是他。(从者携椅上)啊!很好;椅子。几个人把他小心抬走;我就去找军医官来。(向琵)你,奶奶,你也不用装腔作势啦。——凯西奥,死在这儿的这个人是我的好朋友。你们两人有些什么仇恨?

凯　　一点没有;我根本不认识这个人。

埃　　(向琵)什么!你脸色变白了吗?——啊!把他抬进屋子里去。(众舁凯,洛二人下)等一等,两位先生。奶奶,你脸色变白了吗?你们看见她眼睛里这一股惊慌的神气吗?哼,要是你这样睁大了眼睛,我们还要等着听一些新鲜的话儿哩。留心瞧着她;你们瞧;你们看见吗,两位先生?哼,犯了罪的人,即使舌头僵住了,也会不打自招的。

【哀米莉霞上。

哀　　唉！出了什么事啦？出了什么事啦，丈夫？

埃　　凯西奥在这儿黑暗之中，被洛特力戈和几个在逃的同党袭击；他几乎送了性命，洛特力戈已经死了。

哀　　嗳哟，好一位绅士！嗳哟，好凯西奥！

埃　　这是他爱嫖的结果。哀米莉霞，你去问问凯西奥，他今天晚上在什么地方吃饭的。——什么！你听了这句话就发抖吗？

琵　　他在我家里吃饭；可是我并没有因此而发抖。

埃　　噢，他在你家里吃饭？你跟我走！

哀　　呸，呸，你这不要脸的娼妇！

琵　　我不是娼妇；我跟你一样清白。

哀　　跟我一样清白！呸！不要脸！

埃　　两位好先生，让我们去帮助帮助可怜的凯西奥，替他把伤口扎好。来，奶奶，你必须对我们讲老实话。哀米莉霞，你快奔到城堡里去，告诉将军和夫人这儿发生了什么事。你们先请吧。（旁白）今夜是我的命运所寄，倘不能青云直上，就要一败涂地。

（同下）

第二场　城堡中的卧室

【苔丝德梦娜睡床上，一灯照耀室内；奥瑟罗上。

奥　只是为了这一个原因，只是为了这一个原因，我的灵魂！纯洁的星星啊，让我不要向你们说出它的名字！只是为了这一个原因……可是我不愿溅她的血，也不愿毁伤她那比白雪更皎洁，比石膏更腻滑的肌肤。可是她不能不死，否则她将要陷害更多的男子。让我熄灭了这一盏灯，然后我就熄灭你的生命的火焰。融融的灯光啊，我把你吹熄以后，要是我心生后悔，仍旧可以把你重新点亮；可是你，造化最精美的粉本啊，你的火焰一旦熄灭，我不知道什么地方有那天上的神火，能够燃起你的原来的光彩！我摘下了蔷薇，就不能再给它已失的生机，只好让它枯萎凋谢；当它还在枝头的时候，我要嗅一嗅它的芳香。（吻苔）啊，甘美的气息！你几乎诱动公道的心，使她折断她的利剑了！再一个吻，再一个吻。愿你到死都是这样;我要杀死你,然后再爱你。再一个吻,这是最后的一吻了;这样消魂,却又是这样无比的惨痛!我必须哭泣,然而这些是无情的眼泪。她醒来了。

苔　谁?奥瑟罗吗?

奥　嗯,苔丝德梦娜。

苔　您要睡了吗,我的主?

奥　你今晚有没有祈祷过,苔丝德梦娜?

苔　祈祷过了,我的主。

奥　要是你想到在你的一生之中,还有什么罪恶不会为上帝所宽宥,赶快恳求他的恩赦吧。

苔　嗳哟!我的主,您这句话是什么意思?

奥　嘿!祈祷吧,干脆点儿;我就在一旁等着你。我不愿杀害你的没有准备的灵魂;不,上天禁止这种罪行!我不愿杀害你的灵魂。

苔　您在说杀人的话吗?

奥　嗯,是的。

苔　那么愿上天垂怜于我!

奥　阿们,但愿如此!

苔　　要是您这样说，我希望您不至于把我杀死。

奥　　哼！

苔　　可是我怕您；因为您的眼珠这样滚转的时候，您总是要杀人的。我不知道我为什么害怕，因为我不知道我有什么罪；可是我觉得害怕。

奥　　想想你的罪恶吧。

苔　　除非我对您的爱是罪恶，我不知道我有什么罪恶。

奥　　好，你必须因此而死。

苔　　为了爱而被杀，那样的死是违反人情的。唉！您为什么这样咬着您的下唇呢？一种饮血的欲念震撼您的全身，这便是它的征兆；可是我希望，我希望您的怒气不是对我而发。

奥　　闭嘴，不要作声！

苔　　是；可是请您告诉我究竟为了什么事？

奥　　你把我给你的那条我的心爱的手帕送给凯西奥。

苔　　不，凭着我的生命和灵魂起誓！您叫他来问好了。

奥　　好人儿，留心不要发伪誓；你已经死在眼前了。

苔　　不，我现在还不能死。

奥　　你必须立刻死，所以赶快坦白招认你的罪恶吧；

即使你发誓否认每一件事实,也不能除去那使我痛心的坚强的确信。你必须死。

苔　那么愿上帝垂怜于我!

奥　阿门。

苔　愿您也大发慈悲!我生平从不曾得罪过您,也从不曾用上天所不容的非分的爱情滥施在凯西奥的身上;我没有给过他什么东西。

奥　苍天在上,我亲眼看见我的手帕在他的手里。欺罔神明的妇人!你使我的心变成坚硬;我本来想把你作为献祭的牺牲,现在却被你激起我的屠夫的恶念来了。我明明看见那手帕的。

苔　那么是他在什么地方拾到的;我没有给他。叫他到这儿来,让他供认事实的真相。

奥　他已经承认了。

苔　承认什么,我的主?

奥　承认他已经和你发生关系。

苔　怎么?非法的关系吗?

奥　嗯。

苔　他不会这样说的。

奥　　是的,他的嘴已经闭住,正直的埃古已经把他解决了。

苔　　啊,我的恐惧竟成事实!什么!他死了吗?

奥　　即使他每一根头发里都有生命,我的复仇的怒火也会把它们一起吞下。

苔　　唉!他被人陷害,我的一生也从此断送了!

奥　　不要脸的娼妇!你当着我的面为他哭泣吗?

苔　　啊,我的主,把我放逐,可是不要杀我!

奥　　倒下,娼妇!

苔　　明天杀我,让我活过今天!

奥　　不,要是你想挣扎,——

苔　　给我半点钟的时间!

奥　　已经决定了没有挽回的余地。

苔　　可是让我作一次祷告吧!

奥　　太迟了。(扼苔咽喉)

哀　　(在内)将军,将军!喂!将军,将军!

奥　　这是什么声音?没有死吗?还没有完全死去吗?我虽然狠心,却还有几分慈悲;我不愿你多挨受一刻痛苦。好,好。(刺苔)

哀　　(在内)喂!将军,将军!

奥　　那一个?

哀　　(在内)啊,将军!我要跟您说句话儿。

奥　　是的,这是哀米莉霞。——等一等。——她死了。她多分要来说起凯西奥的死。外边已经听得见嘈杂的声音。吓!一动也不动了吗?像坟墓一样沉寂。要不要让她进来?妥当不妥当?我想她又在动了。不。怎么办呢?要是她进来,她一定要跟我的妻子说话。我的妻子!我的妻子!什么妻子?我没有妻子。啊,难堪!啊,不幸的时辰!我想现在日月应该晦暗不明,受惊的地球看见这种非常的灾变,也要吓得目瞪口呆。

哀　　(在内)啊,好将军!请您让我进来对您说句话儿。

奥　　我忘记了。啊,进来,哀米莉霞。慢慢,等一等。让我把帐幕拉下了。你在那儿?(启锁开门)

【哀米莉霞上。

奥　　现在你可有什么事?

哀　　啊,好将军!那边出了杀人命案啦!

奥　什么!现在?

哀　就是刚才,将军。

奥　那都是因为月亮走错了轨道,比平常更近地球,所以人们都发起疯来了。

哀　将军,凯西奥杀死了一个名叫洛特力戈的威尼斯青年。

奥　洛特力戈被杀了!凯西奥也被杀了吗?

哀　不,凯西奥没有死。

奥　凯西奥没有死!那么杀人认错了对象,痛快的复仇又有了变卦啦。

苔　啊,死得好冤枉呀!

哀　嗳哟!那是什么呼声?

奥　那!什么?

哀　嗳哟!那是夫人的声音。救命!救命啊!救命!啊,夫人,再说一声话儿!亲爱的苔丝德梦娜!啊,亲爱的夫人,说呀!

苔　我是无罪而死的。

哀　啊!这是谁干的事?

苔　谁也没有干;是我自己。再会吧;替我向我的仁慈

的夫君致意。啊，再会吧！（死）

奥 啊！她怎么会被人杀死的？

哀 唉！谁知道？

奥 你听见她说是她自己，我没有杀死她。

哀 她是这样说；我只好按照事实去报告。

奥 她到地狱的火焰里去，还不愿说一句真话。杀死她的是我。

哀 啊，那么她尤其是一个天使，你尤其是一个黑心的魔鬼了！

奥 她干了无耻的事，她是个淫妇。

哀 你冤枉她，你是个魔鬼。

奥 她像水一样轻浮。

哀 你说她轻浮，你自己才像火一样粗暴啊。她是圣洁而忠贞的！

奥 凯西奥和她通奸，不信你去问你的丈夫吧。啊，要是我采取这种极端的手段，并没有正当的理由，死后就要永远堕入地狱的底层！你的丈夫一切全都知道。

哀 我的丈夫！

奥 你的丈夫。

哀　　他知道她不守贞节吗?

奥　　嗯,他知道她跟凯西奥有暧昧。嘿,要是她是个贞洁的妇人,即使上帝为我用一颗完整的宝石另外造一个世界,我也不愿用她去交换。

哀　　我的丈夫!

奥　　嗯,他最初告诉我这件事。他是个正人君子,他痛惧卑鄙龌龊的行为。

哀　　我的丈夫!

奥　　妇人,为什么把这句话说了又说呢?我是说你的丈夫。

哀　　啊,夫人!你因为多情,受了奸人的愚弄了!我的丈夫说她不贞!

奥　　正是他,妇人;我说你的丈夫;你懂得这句话吗?我的朋友,你的丈夫,正直的,正直的埃古。

哀　　要是他果然说了这样的话,愿他恶毒的灵魂每天一分一寸地糜烂!他全然胡说;她对于她的最卑鄙的男人是太痴心不过的了。

奥　　吓!

哀　　随你把我怎么样吧。你配不上这样的好妻子,你这种行为是上天所不容的。

奥　　还不闭嘴!

哀　　你没有半分力量可以伤害我,我也不能让人家把我欺侮。啊,笨伯!傻瓜!泥土一样蠢的家伙!你已经做了一件大大不该的事,——我不怕你的剑;我要宣布你的罪恶,即使我将要因此而丧失二十条生命。救命!救命啊!救命!摩尔人杀死了夫人啦!杀了人啦!杀了人啦!

【蒙坦诺,葛莱西安诺,埃古,及余人等上。

蒙　　什么事?怎么,将军!

哀　　啊!你来了吗,埃古?你做得好事,人家都把杀人的罪名架在你头上啦!

葛　　什么事?

哀　　你倘是个汉子,赶快否认这恶人所说的话吧;他说你告诉他他的妻子不贞。我知道你不会有这种说话,你还不会是这样一个恶人。说吧,我的心都要胀破了。

埃　　我不过把我自己的意思告诉他;我对他所说的话,

已经由他自己证实了。

哀　可是你有没有对他说她是不贞的？

埃　我对他说过。

哀　你说诳，一个可憎的，万恶不赦的诳！凭着我的灵魂起誓，一个诳，一个罪恶的诳！她跟凯西奥私通！你说她跟凯西奥私通吗？

埃　跟凯西奥私通，太太。好了好了，收住你的舌头吧。

哀　我不愿收住我的舌头；我必须说话。夫人在这儿床上给人谋杀了。

众　啊，那会有这样的事！

哀　都是你进的谣言，引起这场血案。

奥　各位不必惊慌；这事情是真的。

葛　真有这样的事，那可奇了！

蒙　啊，骇人的行为！

哀　诡计！诡计！诡计！我现在想起来了；啊，诡计！那时候我就有些怀疑；我要伤心死了！啊，诡计！诡计！

埃　什么！你疯了吗？快给我回家去！

哀　各位先生，让我有一个说话的机会。照理我应该服从他，可是现在却不能服从他。也许，埃古，我永远不再回家了。

奥　啊！啊！啊！（仆卧床上）

哀　哼，你躺下来哭叫吧；因为你已经杀死一个世间最温柔纯洁的人。

奥　啊，她是淫污的！我简直不认识您啦，叔父，那边躺着您的侄女，她的呼吸被我这双手新近扼断；我知道这件行为在世人眼中看起来是惊人而惨酷的。

葛　可怜的苔丝德梦娜！幸亏你父亲已经死了；你的婚事是他的致死的原因，悲伤摧折了他的衰老的生命。要是他现在还活着，看见这种惨状，一定会干出一些疯狂的事情来的。

奥　这诚然是一件伤心的事；可是埃古知道她曾经跟凯西奥干过许多回无耻的勾当，凯西奥自己也承认了。她还把我的定情礼物送给凯西奥，表示接受他的献媚。我看见它在他的手里；那是一方手帕，我的父亲给我的母亲的一件古老的纪念品。

哀　天啊！天上的神明啊！

埃　算了，闭住你的嘴！

哀　　事情总会暴露的，事情总会暴露的。闭住我的嘴？不，不，我要像北风一样自由地说话；让天神，世人，和魔鬼全都把我嘲骂羞辱，我也要说我的话。

埃　　放明白一些，回家去吧。

哀　　我不愿回家。（埃拔剑欲刺哀）

葛　　呸！你向一个妇人动武吗？

哀　　你这愚笨的摩尔人啊！你所说起的那方手帕，是我偶然拾到，把它给了我的丈夫的；虽然那只是一件小小的东西，他却几次三番恳求我替他偷了回来。

埃　　长舌的淫妇！

哀　　她送给凯西奥！唉！不，是我拾到了，把它交给我的丈夫的。

埃　　贱人，你说谎！

哀　　苍天在上，我没有说谎；我没有说谎，各位先生。杀人的傻瓜啊！像你这样一个蠢才，怎么配得上这样好的一位妻子呢？

奥　　天上没有石块，可以像雷霆一样打下来吗？好一个奸贼！（向埃扑奔；埃刺哀逃下）

葛　　这妇人倒下来了；他把他的妻子杀死了。

哀　　是,是;啊!把我放在夫人的一旁吧!

葛　　他去了,他的妻子给他杀了。

蒙　　这是一个罪大恶极的凶徒。你把这一柄我从这摩尔人手里夺下来的剑拿了。来,在门外看守好了,别让他出去;他要是想逃走,尽管把他杀死。我要去追那恶人,那是一个不可宽恕的家伙。(蒙、葛下)

奥　　我的勇气也离我而去了,每一个孱弱的懦夫都可以夺下我的剑来。可是奸恶既然战胜了正直,那里还会有荣誉存在呢?让一切都归于幻灭吧!

哀　　你的歌儿是一个谶兆吗,夫人?听,你听不听见我的声音?我要像天鹅一般在音乐里死去。(唱)

"杨柳,杨柳,杨柳……"

摩尔人,她是贞洁的;她爱你,狠心的摩尔人。我说的是真话,愿我的灵魂享受天福;我的话是跟我的思想一致的。我死了,我死了。(死)

奥　　我还有一柄剑在这屋子里,那是一柄用冰泉的水所浸炼的西班牙宝剑。啊,在这儿!叔父,我一定要出来。

葛　　(在内)你要是敢试一试,就得付重大的代价;你没有武器，只好屈服。

奥　那么进来瞧瞧我吧，我有话对你说；否则我虽然没有武器，也只好不顾一切跟你拼一下了。

【葛莱西安诺重上。

葛　什么事？

奥　瞧！我有一柄剑；从来不会在一个战士的身边佩带过一柄比它更好的剑；凭着这一条小小的手臂和这一柄利剑，我曾经冲破二十倍于你们这样人数的包围；可是，无聊的夸口啊！谁能主宰他自己的命运呢？现在我已经没有那样的本领了。虽然你看我拿着武器，可是不用害怕，这儿是我的旅途的终点，我的航程的最后的目标。你吓得退走了吗？这是不必要的惊恐；谁只要拿一根灯草向奥瑟罗的胸前挺了过来，他也会向后缩退的。奥瑟罗应该到什么地方去呢？——啊，让我再看看你的脸庞吧，薄命的女郎！像你的衬衣一样惨白！我们在天庭对簿的时候，你这一副脸色就可以把我的灵魂赶下天堂，让魔鬼把它抓去。你的全身冰冷，我的恋人！正像你的贞洁一样凛若寒霜。啊，该死的，该死的奴才！魔鬼啊，把我从这天仙一样美人的面前鞭逐出去吧！让狂风把我吹卷，硫磺把我熏烤，沸汤的深渊把我沉浸！啊，苔丝德梦娜！苔丝德梦娜！死了！啊！啊！啊！

【罗陀维科，蒙坦诺，二从者舁凯西奥卧椅中，及警吏等押埃古同上。

罗　这卤莽而不幸的人在那儿？

奥　那就是从前的奥瑟罗；我在这儿。

罗　那条毒蛇呢？把这恶人带上来。

奥　据说魔鬼的脚是分趾的，让我看看他的脚是不是这样。要是你真的是一个魔鬼，我也不能杀死你。（刺伤埃）

罗　把他手里的剑夺下来。

埃　我不过流了点儿血，还没有给他杀死。

奥　那也好，我要你留着活命；因为在我看来，死倒是一桩幸福。

罗　啊，奥瑟罗！你本来是一个很好的汉子，却会中一个万恶的奸人的诡计，我们应该对你怎么说呢？

奥　随便你们怎么说吧；要是你们愿意，不妨说我是一个正直的凶手，因为我所干的事，都是出于荣誉的观念，不是出于猜嫌的私恨。

罗　这恶人已经一部分承认了他的奸谋；杀死凯西奥是你跟他同谋的吗？

奥　是的。

凯　主帅，我从来不曾得罪过您。

奥　我相信你的话；请你原谅我吧。你们问一问那个顶着人头的恶魔，为什么他要这样陷害我的灵魂和肉体？

埃　什么也不要问我；你们所知道的，你们已经知道了；从这一刻起，我不再说一句话。

罗　什么！你也不要祈祷吗？

葛　酷刑可以逼你开口。

奥　你还是说吧。

罗　将军，你将要明白经过的一切，我相信你现在还是一点没有知道。这是从已死的洛特力戈衣袋里拽到的一封信；这儿还有一封；其中一封信里说到杀死凯西奥的事情由洛特力戈动手执行。

奥 啊，奸贼！

凯 野蛮残忍的阴谋！

罗 这儿还有一封从他的衣袋里找到的充满着怨望的信，看来好像是洛特力戈预备寄给这个万恶的奸人的；可是信还没有寄出，埃古就来给他满足了。

奥 啊，恶毒的奸贼！凯西奥，我的妻子的手帕怎么会到你手里的？

凯 我在我的房间里找到它；他刚才已经亲口承认有意把它丢在那边，借此可以达到他自己的图谋。

奥 啊，傻瓜！傻瓜！傻瓜！

凯 在洛特力戈的信里，他又埋怨埃古不该撺掇他在我值夜的时候向我寻事；我就是为了那一回事情而去职的。就在刚才，他从长时间的昏迷中醒了过来，还说起他一切都受埃古的指使，结果却是埃古伤了他的生命。

罗 你必须离开这所屋子，跟我们去；你的军队和兵权必须全部交卸，让凯西奥主持赛普勒斯的军政重务。对于这一个家伙，我们将要用一切巧妙的酷刑加在他的身上，使他遍受种种的痛苦，而不至于立刻死去。我们还要把你严密监禁，等候威尼斯政府判断你的罪状。来，把他带下去。

奥　　且慢，在你们未去以前，再听我说一两句话。我对于国家曾经立过相当的功绩，这是执政诸公所知道的。那些话现在也不用说了。当你们把这种不幸的事实报告他们的时候，请你们在公文上老老实实照我本来的样子叙述，不要徇情回护，也不要恶意构陷：你们应当说我是一个在恋爱上不智而过于深情的人；一个不容易发生嫉妒，可是一旦被人煽动以后，就会感到极度烦恼的人；一个像那愚蠢的印度人一般，把一颗比他整个部落所有的财产更贵重的珍珠随手抛弃的人；一个虽然不惯于流妇人之泪，可是当他被感情征服的时候，也会像涌流着胶液的阿剌伯药胶树一般两眼汍澜的人。请你们把这些话记下，再补充一句说：在阿勒普地方，曾经有一个裹着头巾的敌意的土耳其人殴打一个威尼斯人，诽

谤我们的国家,那时候我就一把抓住这受割礼的狗子的咽喉,像这样把他杀了。(以剑自刺)

罗　啊,惨酷的结局!

葛　一切说过的话,现在又要改变过来了。

奥　我在杀死你以前,曾经用一吻和你诀别;现在我自己的生命也在一吻里终结。(倒仆苔身,死)

凯　我早就担心会有这样的事发生,可是我还以为他没有武器;他的心地是光明正大的。

罗　(向埃) 你这比痛苦,饥饿,和大海更凶暴的猛犬啊!瞧瞧这床上一双浴血的尸身吧;这是你干的好事。这样伤心惨目的景象,赶快把它遮盖起来吧。葛莱西安诺,请您接收这一座屋子,这摩尔人的全部家产,都应该归您继承。总督大人,怎样处置这一个恶魔般的奸徒,什么时候,什么地点,用怎样的刑法,都要请您全权办理,千万不要宽纵他!我现在就要上船回去禀命政府,用一颗悲哀的心报告这一段悲哀的事故。(同下)

附录

关于"原译本"的说明

文/朱尚刚

朱生豪从 1935 年做准备工作开始,历时近十年,完成了 31 部莎剧的翻译工作,虽然最终未能译完全部莎翁剧作,但已经为将这位世界文坛巨匠介绍给中国人民做出了卓越的贡献。朱生豪译莎以"保持原作之神韵"为首要宗旨,他的译作也的确实现了这个宗旨,至今仍受到读者的欢迎和学界的高度评价。

朱生豪的译莎工作是在贫病交加、极端困难的情况下进行的。日本侵略者的炮火两度摧毁了他已经完成的几乎全部译稿和辛苦搜集起来的各种莎剧版本、注释本和大量参考资料,在最后为译莎而以命相搏的时候,手头"仅有的工具书,只是两本词典——牛津词典和英汉四用辞典。既无其他可以参考的书籍,更没有可以探讨质疑的师友"。而且他当时毕竟还是一个阅历不深的年轻人,虽然有着出众的才华,然而翻译作品中存在各种各样的缺陷和疏漏是完全可以想象的。

朱生豪的遗译最早于 1947 年由世界书局出版(收入除历史剧外的剧本 27 种),以后于 1954 年由作家出版社出版了包括全部朱生豪译作的《莎士比亚戏剧集》。上世纪60年代初期，人民文学出版社组织了一批国内一流的专家对朱译莎剧进行校订和补译，原打算在1964年纪念莎翁400周年诞辰时出版完整的《莎士比亚全集》，后因各种原因一直到1978年才得以问世。

《莎士比亚全集》的出版，是我国一代莎学大师通力合作取得的划时代的成就。经校订的朱译莎剧，在很大程度上纠正了原译本因各种主客观原因而产生的缺陷和疏漏，并体现了当时在英语语言和莎学研究上的新成果，是对朱生豪译莎事业的进一步提升和完善。我对这一代莎学前辈们的努力表示真挚的感谢和崇高的敬意！

上世纪九十年代后期，为反映新时代语言的发展和新的学术成果，译林出版社再次组织专家进行了对朱译莎剧的校订，并出版了新的校订本。

校订过程中除了对一些理解或表达方面的缺疵进行修改外，反映较多的是原译本中"漏译"的内容。实际上我相信朱生豪真正因为"疏忽"而漏译的情况即使不是绝对没有，也应该是极少的。我估计，有些地方可能是因为当时的客观条件实在太差，有些地方实在难以理解又没有任何资料可以查考，因此在不影响剧本相对顺畅性的前提下只能跳过去了。

而更多的情况下是有些内容和说法似乎有点"不雅",朱生豪出于中国传统的思维习惯,就把这些"不雅"的东西删去了。这种做法是否合适是有待商榷的,但也在一定程度上反映了那个特定的时代,特定的阶层,特定的译者的思维方式和特征。

莎士比亚的话题是说不尽的,同样,对莎士比亚的翻译和研究也是说不尽的。经校订的朱译莎剧无疑是对原译稿的改善,但从某种意义上来说,校订者和原译者的思维定式和语言习惯难免有所不同,因此也有读者感到经校订后的译文在语言风格的一致性等方面受到了影响,还有学者对某些修改之处也提出存疑。这些也是很正常的现象,再好的校订本也需要在实践和历史中经受检验,进一步地"校订"和完善。

也是出于这样的考虑,社会上对未经"校订"的朱生豪原译本也产生了相当的兴趣,希望能看到完全体现朱生豪翻译风格,能反映那个时代的语言习惯和学术水平的原译本,看到一个本色的朱生豪译本(包括他的错漏之处)。这在我们这个多元化的社会中应该是一个合理的希求。这次中国青年出版社出版这套原译本系列,正是顺应了这样一种需求,并借此来表达对我的父亲——朱生豪诞辰100周年的纪念之情。我对此表示真挚的谢意!

译者自序

(原文收录于1947年版《莎士比亚戏剧全集》)

于世界文学史中,足以笼罩一世,凌越千古,卓然为词坛之宗匠,诗人之冠冕者,其唯希腊之荷马,意大利之但丁,英之莎士比亚,德之歌德乎。此四子者,各于其不同之时代及环境中,发为不朽之歌声。然荷马史诗中之英雄,既与吾人之现实生活相去过远;但丁之天堂地狱,复与近代思想诸多抵牾;歌德去吾人较近,彼实为近代精神之卓越的代表。然以超脱时空限制一点而论,则莎士比亚之成就,实远在三子之上。盖莎翁笔下之人物,虽多为古代之贵族阶级,然彼所发掘者,实为古今中外贵贱贫富人人所同具之人性。故虽经三百余年以后,不仅其书为全世界文学之士所耽读,其剧本且在各国舞台与银幕上历久搬演而弗衰,盖由其作品中具有永久性与普遍性,故能深入人心如此耳。

中国读者耳莎翁大名已久,文坛知名之士,亦尝将其作品,译出多种,然历观坊间各译本,失之于粗疏草率者尚少,失之于拘泥生硬者实繁有徒。拘泥字句之结果,不仅原作神味,荡焉无存,甚且艰深晦涩,有若天书,令人不能卒读,此则译者之过，莎翁不能任其咎者也。

余笃嗜莎剧，尝首尾研诵全集至十余遍，于原作精神，自觉颇有会心。廿四年春，得前辈同事詹文浒先生之鼓励，始着手为翻绎全集之尝试。越年战事发生，历年来辛苦搜集之各种莎集版本，及诸家注释考证批评之书，不下一二百册，悉数毁于炮火，仓卒中惟携出牛津版全集一册，及译稿数本而已。厥后转辗流徙，为生活而奔波，更无暇晷，以续未竟之志。及三十一年春，目观世变日亟，闭户家居，摈绝外务，始得专心壹志，致力译事。虽贫穷疾病，交相煎迫，而埋头伏案，握管不辍。凡前后历十年而全稿完成，（案译者撰此文时，原拟在半年后可以译竟。讵意体力不支，厥功未就，而因病重辍笔）夫以译莎工作之艰巨，十年之功，不可云久，然毕生精力，殆已尽注于兹矣。

余译此书之宗旨，第一在求于最大可能之范围内，保持原作之神韵；必不得已而求其次，亦必以明白晓畅之字句，忠实传达原文之意趣；而于逐字逐句对照式之硬译，则未敢赞同。凡遇原文中与中国语法不合之处，往往再四咀嚼，不惜全部更易原文之结构，务使作者之命意豁然呈露，不为晦涩之字句所掩蔽。每译一段竟，必先自拟为读者，察阅译文中有无暧昧不明之处。又必自拟为舞台上之演员，审辨语调之是否顺口,音节之是否调和。一字一句之未惬,往往苦思累日。然才力所限,未能尽符理想;乡居僻陋,既无参考之书籍,又鲜质疑之师友。谬误之处,自知不免。所望海内学人,惠予纠正,幸甚幸甚!

原文全集在编次方面,不甚惬当,兹特依据各剧性质,分为"喜剧"、"悲剧"、"杂剧"、"史剧"四辑,每辑各自成一系统。读者循是以求,不难获见莎翁作品之全貌。昔卡莱尔尝云,"吾人宁失百印度,不愿失一莎士比亚。"夫莎士比亚为世界的诗人,固非一国所可独占;倘因此集之出版,使此大诗人之作品,得以普及中国读者之间,则译者之劳力,庶几不为虚掷矣。知我罪我,惟在读者。

生豪书于三十三年四月。

图书在版编目（CIP）数据

奥瑟罗 /（英）莎士比亚（Shakespeare,W.）著；
朱生豪译 . —北京：中国青年出版社，2012.4
（新青年文库·莎士比亚戏剧朱生豪原译本全集）
ISBN 978-7-5153-0596-7

I. ①奥… II. ①莎… ②朱… III. ①悲剧 – 剧本 – 英国 – 中世纪
IV. ① I561.33

中国版本图书馆 CIP 数据核字 (2012) 第 028844 号

书　　名	奥瑟罗
著　　者	【英】莎士比亚
译　　者	朱生豪
审　　订	朱尚刚
责任编辑	庄庸　王昕
特约策划	张瑞霞
出版发行	中国青年出版社
社　　址	北京东四十二条 21 号
邮政编码	100708
网　　址	www.cyp.com.cn
门 市 部	(010) 57350370
印　　刷	三河市君旺印刷厂
经　　销	新华书店
开　　本	787×1092　1/32
印　　张	6
字　　数	150 千字
版　　次	2013 年 3 月北京第 1 版印刷
印　　次	2013 年 6 月河北第 2 次印刷
印　　数	3,001–6,000 册
定　　价	19.80 元

本图书如有印装质量问题，请凭购书发票与质检部联系调换
联系电话：(010) 57350337